U0125106

唐 诗 之 巅

读懂
诗佛王维

朱琦 著

北京联合出版公司
Beijing United Publishing Co.,Ltd.

图书在版编目（CIP）数据

读懂诗佛王维 / 朱琦著 . —北京：北京联合出版
公司，2023.5

（唐诗之巅）

ISBN 978-7-5596-6698-7

Ⅰ . ①读… Ⅱ . ①朱… Ⅲ . ①王维（699-759）– 唐
诗 – 诗歌研究 ②王维（699-759）– 人物研究 Ⅳ .
① I207.227.42 ② K825.6

中国国家版本馆 CIP 数据核字（2023）第 029079 号

读懂诗佛王维

作　　者 : 朱　琦

出 品 人 : 赵红仕

责任编辑 : 李　伟

封面设计 : 东合社 - 安宁

内文排版 : 九章文化

北京联合出版公司出版

（北京市西城区德外大街 83 号楼 9 层　100088）

固安兰星球彩色印刷有限公司印刷　新华书店经销

字数 115 千字　880 毫米 × 1230 毫米　1/32　6.25 印张

2023 年 5 月第 1 版　2023 年 5 月第 1 次印刷

ISBN 978-7-5596-6698-7

定价 : 128.00 元（全三册）

　　说到李白、杜甫，往往也会想到王维。诗仙、诗圣、诗佛，三峰并峙，各有千秋。以个性而言，李白豪迈狂放，无所羁勒；杜甫深沉含蓄，又感情炽烈；王维宁静恬淡，闲适自在。如果说李白的狂放像火山爆发，杜甫的炽烈像地下岩浆，那么王维的宁静，就更像是幽壑溪流。在中国文学史上，王维的诗像一条永远不会干涸的美丽溪流，从空谷和深林中蜿蜒而下，澄澈明净，清冽如酒。

　　王维是从小失去父亲的名门子弟，早熟早慧，多才多艺，少年成名。他二十岁出头中进士第，晚年又身居高位，所以，在今天许多人的心目中，他的一生都是春风得意的。其实，他初入仕途就被卷入政治旋涡，横遭贬逐，接连十余年蹭蹬不遇。三十五岁时因为张九龄的赏识时来运转，但其后二十余年，他的仕途生涯也并非青云直上，而是一步步缓慢升迁。时逢开元后期到天宝年间，唐玄宗耽于享乐，李林甫和杨国忠相继把持朝政，王维身在朝中，自然会郁闷苦恼，只是很多事情都被他的山水隐逸、田园风光和静坐禅修抚平了，化解了。

唐代崇尚隐逸之风，盛行山水田园诗，王维以名士的身份隐居，更是可进可退。他的隐居很特别，如果名气不大，涵养不够，财力不足，都很难效仿。一是忽官忽隐，有时做官，有时隐居。他至少隐居了五次，一次隐居与另一次隐居之间，大都是在做官从政。二是半官半隐，他不只是常常出入于朝堂和山野之间，即使身在朝堂，往往也是心在山野。在中国历史上他的半仕半隐很有代表性，以至于人们说到这一点，首先想到的就是他。三是亦隐亦禅，隐居山野的日子通常就是他礼佛修禅的日子，尤其是在他的晚年。

盛唐是禅宗的兴盛阶段，也是诗歌、绘画、音乐和书法艺术的繁荣时期。最能把这一切集中体现出来的是王维，因为他不仅是诗歌天才，而且是出色的画家、音乐家、书法家，是天性淡静、极具慧心又热衷禅修的佛徒。"江流天地外，山色有无中"，远方的风景在笔下如同一幅水墨画。"渡头余落日，墟里上孤烟"，水边村野的寻常景象，被他寥寥几笔就勾勒出惊人的逼真与诗意。"明月松间照，清泉石上流"，上句以月色和松林构成明与暗、光与影的对比，下句诱人想象清泉流过石上的画面、色彩和声音。"风劲角弓鸣，将军猎渭城。草枯鹰眼疾，雪尽马蹄轻"，只有他能把打猎画面写得这样有声有色，视觉、听觉和感觉都被调动起来。

他的五言绝句尤其绝妙，把空灵之美发挥到了极致，简直

就是诗国的佛偈禅悟:

> 空山不见人,但闻人语响。返景入深林,复照青苔上。
> (《鹿柴》)
> 人闲桂花落,夜静春山空。月出惊山鸟,时鸣春涧中。
> (《鸟鸣涧》)
> 木末芙蓉花,山中发红萼。涧户寂无人,纷纷开且落。
> (《辛夷坞》)
> 荆溪白石出,天寒红叶稀。山路元无雨,空翠湿人衣。
> (《山中》)

就那么短短四句,二十个字,诗情、画意、乐感和禅意尽在其中。王维对短小精警的佛偈禅悟深有领略,又深谙艺术上画龙点睛之妙,因此才能出神入化。从禅的传播来说,没有谁的作品能像王维的禅诗那样,能在上千年的历史中广播人口,让许许多多并非僧侣或佛徒的人们也能从中体悟到禅意。可以说,古代诗歌因为他的笔墨倍添空灵之美,禅理禅悟也因为他的诗句更加平易近人。

相比于李白、杜甫,王维显得没那么热烈,他的那些极尽静谧之美、空灵之美的"入禅之作",更让人"读之身世两忘,万念皆寂",但他其实也是侠骨柔肠的性情中人。他有不少好友,盛唐时代有名的山水田园诗人,几乎都活跃在他的周围。

情感的丰富与细腻，对于优秀诗人来说是必不可少的，唐代诗人中，要说写送别，写相思，表现亲情、友情，同样是李白、杜甫和王维写得最好。就说王维吧，"独在异乡为异客，每逢佳节倍思亲""劝君更尽一杯酒，西出阳关无故人""红豆生南国，春来发几枝？愿君多采撷，此物最相思"。这些对我们来说再也熟悉不过的诗句，都出自他的笔下。

"读懂诗佛王维"部分以王维的生平经历为主要线索，以每个时期的代表性作品为主要篇目，分作五个部分，总共二十一篇。

第一部分"名门俊彦"。作为名门子弟，王维的人生目标一开始就很明确：科举入仕，求取功名。他十五岁就辞别家乡来到长安，二十一岁中进士第，春风得意，意气风发。这个时期的名作有《九月九日忆山东兄弟》和《少年行四首》。

第二部分"盛世蹉跎"。王维进士及第后被任命为太乐丞，初入仕途就无端卷入宫廷政治旋涡，因为舞黄狮子案被贬到遥远的济州。其后十来年，或是为求取功名奔波在长安和洛阳之间，或是隐居在淇上、嵩山等地。虽逢盛世，名气也大，仍然摆脱不掉政治阴影，仕途坎坷。《渡河到清河作》《观猎》《归嵩山作》等名篇，当是写于这个时期。

第三部分"仕途漫漫"。经历了十年蹉跎后，王维终于得到宰相张九龄的赏识，被任命为右拾遗。可是这时候的唐玄宗正与李林甫越走越近，与张九龄渐行渐远。本想施展抱负的王维，不得不蹀躞垂翼，在漫漫仕途上谨小慎微，缓慢升迁。有时奉命出使，离京远行，如飞鸟出笼，激发出强烈的诗情画意。出使凉州，写下了《使至塞上》《陇西行》《陇头吟》等边塞诗；前往岭南途中，写下了《汉江临泛》《哭孟浩然》等名作。

第四部分"半仕半隐"。人到中年的王维半仕半隐，亦官亦禅，既是出入京城、誉满天下的名士，又是不时前往终南山或辋川的隐士、高士。如果说深悟禅意的王维在诗中一再传达出静与动的微妙，那么生活中的他，在长安城和山水田园之间，何尝不是一种动与静的微妙人生。有时他在朝堂上奉旨唱和，"銮舆迥出千门柳，阁道回看上苑花"。有时他在寺庙里敬佛修禅，"薄暮空潭曲，安禅制毒龙"。有时他在终南山流连忘返，"白云回望合，青霭入看无"。他最迷恋的还是自己精心营造的辋川别业，《鹿柴》《竹里馆》《辛夷坞》《辋川闲居赠裴秀才迪》《山中与裴秀才迪书》等千古名作，都是在辋川诞生的。

第五部分"宁静晚年"。人到晚年又身居高位，往往忙于唱酬，才思枯竭，王维却全然不同。他大半生修身、修禅，又在诗歌、绘画、音乐、书法等各种艺术上孜孜以求，人生和艺术都在不断修炼，晚年更是到了炉火纯青之境。《酬张少府》和《终南别业》就是晚年王维的不朽之作。

目录

仕途漫漫

半仕半隐

宁静晚年

名门俊彦

少年游子

—○ 每逢佳节倍思亲

　　王维少年早熟，才华横溢，十七岁时就写下了千古名作。直到今天，逢年过节的时候，中国人常常想起的一首诗就是他的《九月九日忆山东兄弟》。这首诗是小学语文教材中必选的诗词，大家耳熟能详。更有许多朋友是在尚未识字的幼年，就已经以稚嫩的童音，把这首诗背得滚瓜烂熟了。

　　　　独在异乡为异客，每逢佳节倍思亲。
　　　　遥知兄弟登高处，遍插茱萸少一人。

　　岁月如流，十几年甚至几十年过去了，每逢佳节，你还是会想起这首诗。不知是否想过，为什么年仅十七岁的王维会"独在异乡"？为什么他们兄弟的感情异常深厚？为什么他在少年时代就能写出这样的不朽之作？要了解这些，还得先说说王维的家世，以及他十七岁之前的经历。

很多朋友可能跟我一样，十七岁考上大学，离开家乡，才开始有了"独在异乡为异客"的体验。如果说我在十七岁时对这首诗的感觉更强烈些，那是因为我和王维是相隔了一千三百多年的同乡。我们的家乡在唐代叫蒲州，以黄河边的蒲州城为治所，在今山西省南端的永济市。王维祖籍祁县，在今山西省中部，从他父亲王处廉起，迁居到蒲州。从蒲州城往西三百多里是西都长安，往东五百多里是东都洛阳，开元元年（713年），也就是王维十三岁的时候，蒲州一度升为河中府，号称中都。

关于王维的生年，一般认为是长安元年（701年），与李白是同龄人。王维和李白一样生逢其时，碰上了唐王朝乃至中国历史上最兴盛最开放时代，也碰上了诗歌艺术走向顶峰的时代。但从家庭背景来说，王维和李白是很不同的。李白出生于偏远蜀地一个商人家庭，商人在当时仍然很受歧视，李白因此不能参加科举考试，甚至不得不掩饰自己的家庭出身。王维却是名门子弟，以郡望而论，父亲属于太原王氏，母亲属于博陵崔氏。在隋唐时期，这两个家族与陇西李氏、赵郡李氏、清河崔氏、范阳卢氏、荥阳郑氏，都是天下无人不知的名门望族。

王家世代为官，王维的祖父曾在朝廷掌管音乐，高祖父、曾祖父和父亲都曾经在地方州府做司马。司马是辅佐刺史处理州事的官员，在地方上就算是高官了。在唐代，有点儿背景的读书人往往喜欢夸耀自己的门第和出身，王维却是个例外。不过，无论王维自己是否夸耀他的家世，身为名门子弟，在当时来说都无异于多了一层光环。

生在太平盛世，又出身于名门望族，王维从小就受到良好的教育。史书上说，王维九岁就善写文章，工于草书，音律娴熟。他之所以成为唐代出名的全才，诗文、书法、音乐和绘画样样精通，与他的家庭背景是分不开的。他的大弟弟王缙后来做了宰辅，两度拜相，同样以诗文和书法著称。母亲崔氏虔诚信佛，"褐衣蔬食，持戒安禅"，这也影响了他们的一生。

不幸的是，王维九岁这一年，父亲撒手而去。王维是长子，他的下边还有四个弟弟和一个妹妹。一个寡妇，六个小儿女，在这样的家庭，母亲的角色更是加倍重要。崔氏是很了不起的，她不但以母亲的羽翼护佑着孩子们健康成长，继续给他们提供了良好的教育，而且以深厚的母爱凝集了一个高品质的温暖家庭。史书上对此并没有具体记载，但从王维和王缙的佛教信仰、生平事迹、艺术造诣，以及王家诸兄弟的亲情友爱中，完全可以推想到母亲当年的呵护和培养。

开元三年（715年），王维决定游学长安，求取功名。大唐王朝正是极盛时期，唐玄宗英明睿智，积极有为，做宰辅的是历史上有名的贤相姚崇。这一年王维只有十五岁，还在长个子的年龄，却已是英俊帅气了。《唐才子传》说他"妙年洁白，风姿都美"，用今天的话来讲，那就是少壮之年的王维帅酷了，皮肤白皙，风姿翩翩。

王维离开了故乡蒲州。你可以想见，离别那日，有目送他远去的母亲，还有五个高高低低、依依不舍的弟弟妹妹。当王维回头再看时，家人的身影越发地模糊了，矮小了。就在不远处，鹳雀楼高高耸立着。王之涣这时候尚未登楼赋诗，但《登鹳雀楼》一诗所展现的时代精神，想必也充溢在少年王维的心头。除了建功立业的热望，还有做长子的责任，激发年少的他急于奔向长安。

从蒲州过了黄河就是秦川，沿渭河一路往西，就到了骊山脚下。王维在进入长安之前，顺道游览了秦始皇陵，写下五言律诗《过秦皇墓》：

> 古墓成苍岭，幽宫象紫台。
> 星辰七曜隔，河汉九泉开。
> 有海人宁渡，无春雁不回。
> 更闻松韵切，疑是大夫哀。

首联两句，上句"古墓成苍岭"写秦始皇陵外表，是眼前所见，下句"幽宫象紫台"写秦皇陵内部，完全是想象。少年诗人以嘲笑的口吻说，当年积土为冢的古墓已经变成了林木茂盛、郁郁苍苍的山岭，地下冥界的宫殿应该还像紫禁城里的皇宫吧！

颔联两句是对"幽宫"的描述。《史记》记载说，秦皇陵的墓宫"上具天文，下具地理"，《水经注》又说"上画天文星宿之象"。诗人借此发挥说："星辰七曜隔，河汉九泉开。""七曜"是指日月和金木水火土五星，"河汉"是指银河。这两句是说，日月星辰间隔排列在墓宫顶部，灿烂的银河呈现于九泉之下。

颈联两句仍在写"幽宫"，"有海人宁渡，无春雁不回"。《汉书》记载，秦皇墓中"水银为江海，黄金为凫雁"。诗人讽刺说，墓宫里有海，却是水银为海，人怎么渡过？墓宫里没有春天，大雁又怎会回到这里来。意思是秦皇陵的墓宫无论有多么奢侈豪华，终究是死气沉沉的墓穴而已。

尾联两句回到眼前情景，感叹中带出一段典故，"更闻松韵切，疑是大夫哀"。"松韵切"是说秦皇陵上松风阵阵，"大夫哀"是与秦始皇有关的典故。《史记》记载说，秦始皇到泰山封禅，下山时遇到暴雨，躲在一棵松树下，因此就把这棵松树封为五大夫。诗人把这个典故拿出来，意在拿出秦始皇泰山封禅的盛事做对比。秦皇陵上松风阵阵，当年那个不可一世的秦始皇不也埋在地底下了？这松涛声声，总让人怀疑是五大夫的哀泣。

　　唐人留下不少写秦皇陵的诗作，其中写得最好的是李白的《古风》"秦王扫六合"。王维的这首诗与其相比，确实不如，但一般认为，这首诗是他十五岁时的诗作。以这样的年龄，写出这样成熟的作品，格律严谨，用典自如，寓意深刻，也是相当难得的。

　　李白三十岁来到长安打拼，王维十五岁就来了。可惜，他少年时代留下的诗作很有限，我们无法从中追寻他在长安时的种种生活情形。有一点可以肯定，即使是安静又早熟的王维，同样也少不了孤独之感。少年人喜欢交朋友，王维也不例外，其中有一位叫祖自虚。同王维一样，祖自虚也出身于仕宦之家，幼年丧父，也精通音乐，擅长诗文。但祖自虚比王维年长十多岁，当时已经颇有名气，交游广泛。一个是老大哥，一个是小老弟，两人惺惺相惜，朝夕相处，一起到终南山隐居，又一起跑到洛阳邀游，"花时金谷饮，月夜竹林眠"。

　　十七岁的时候，在重阳节这一天，王维写下了《九月九日忆山东兄弟》。"九月九日"就是指重阳节，古人以九为阳数，两个九阳数相重，所以叫重阳。在古代重阳节是很重要的节日，这一天拜神祭祖，饮宴祈寿，登高赏菊。"山东"是指华山以东，王维的故乡蒲州正是在华山以东。我们现在再来看这首诗：

　　　　独在异乡为异客，每逢佳节倍思亲。

　　　　遥知兄弟登高处，遍插茱萸少一人。

开首第一句，扑面一个"独"字，紧接着两个"异"字，突出了强烈的寂寞之感。对年少的王维来说，是独自客居异乡，在当地人眼里，他是来自异乡的客人。长安是当时世界上最大的城市，一个人"独在"其中，混杂在茫茫的人海中，到处是陌生的面孔，孑然一身，举目无亲，寂寞的感觉就越发强烈了。看似简单的一句诗，却是王维离乡两年来常有的感受。试想一下，一个十五岁到十七岁的少年，放在今天就是个高中学生。在这样的年纪闯荡天下，"独在异乡"，会是什么样的感受？

第二句"每逢佳节倍思亲"，早已是大家熟悉的话，融入日常生活中。这实际上是人类共有的情感和体验，王维之前的古代游子何尝没有类似的感受，但就是这句话，最先由少年王维提炼出来，概括出来。经他一写，人人引用，发自肺腑一般。遇到节庆日，尤其是要给家人写信的时候，这句诗就很自然地浮现出来了。虽然没有数据统计，但我相信，每逢佳节，中国人给家人写信时最常用的一句诗就是这一句。

后两句以"遥知"转换，把角度放在"兄弟"那里。重阳节登高有佩戴茱萸的习俗，古人以为可以避邪驱灾。从前的重阳节，王家兄弟五人，呼啦啦一群，登高你追我赶，佩茱萸你插我戴，好不欢喜热闹。可是这个重阳节呢，作为大哥的王维出来闯天下了，其余几个留在家中的弟弟明显感到少了一人。王维不说他如何想念几个弟弟，却说几个弟弟想到他时的惘然失落，把画面停留在"遍插茱萸少一人"，顿时就多出几分含蓄深挚。

　　我们之所以知道这首诗是王维十七岁的作品，是因为诗题下有一句"时年十七"的原注。"遥知"两句，多少也证明了这一点。想想看，如果王维写这首诗是在二十多岁或三十多岁，那他的弟弟们只怕也出来闯荡了，很难留在家乡，聚在一起。

　　前边说到王维的母亲崔氏，以深厚的母爱凝集了一个高品质的温暖家庭。从这首诗流露的兄弟友爱之情，我们也可以有所感受。一个家庭最大的凝聚力往往就是母爱，况且这是一个要靠母亲独力撑持的单亲家庭。孩子体贴母亲的辛劳，懂得不辜负母亲的期待，也懂得怎样爱自己的兄弟。

青年才子

——
○ 系马高楼垂柳边

开元九年（721 年），也就是王维来到长安的第七年，王维中进士第，蟾宫折桂。一说王维金榜题名，你可能会想起历史传说，由此也会有一些疑惑。譬如说，王维到底是不是状元？相传王维得到九公主的举荐，以解元上榜，解元和状元有什么不一样？既然是考试，为什么一定要有人举荐？王维十五岁就来到长安，只是为了参加科举吗？

王维走的是唐代读书人典型的科举入仕之路。透过他的故事，正好了解一下唐代科举制度以及唐代读书人的科举入仕之路。

首先，可以肯定地说，王维到长安的目的就是为了科举入仕。要踏入仕途，成就功名，就要参加科举，而唐代科举，不但要看考生考得如何，还要参考应试者平素的才德、声望和作品。大家听说过"通榜""行卷"之类的说法吧？所谓"通榜"，是指考官在考试前依据考生的才德和声望做好的名单，以便录取时参考。所谓"行卷"，是指考生为了进入这个名单，把自己的诗文佳作投献给政坛、文坛有地位、有名望的人，以求得到他们的赏识并向主考官推荐。

这种考试制度，直接影响了当时读书人的行为和习惯。从社会学的角度来说，游学也罢，交游也罢，干谒也罢，往往与科举入仕的目的有关。游学既是求学拜师，也是广为交游。交游是广交朋友，朋友多了，或许就有了门径和机会。干谒的意思是为了某种目的而求见，准备科举的读书人，要去干谒的往往就是政坛、文坛有地位、有名望的人。

那么，隐居也跟科举入仕有关吗？王维和祖自虚跑到终南山，难道也是为了科举入仕？关于这一点，很难下结论。也许十几岁的他已经有了超然出尘之想，也许他只是跟着祖自虚到终南山修行了一段日子，也许他就是为了科举入仕。为什么这么说呢？因为那时的名山，尤其是靠近长安的终南山和距离洛阳不远的嵩山，往往隐居着有来头、有背景的名士。他们的推荐信即使不能直抵主考官的案头，也可能呈送到某个达官贵人的茶几上。

开元七年（719 年），王维参加京兆府的府试。南宋人计有功在《唐诗纪事》中，有一段大意如下的记载：王维未满二十岁，文章就已经很出名了，而且擅长弹琵琶。春季的一天，岐王把他带到公主府第，让他假扮演奏者，到公主面前献艺。王维演奏了《郁轮袍》新曲，并出示所写诗文。公主大为惊奇，令宫中侍女传教，还将考官召来，内定王维以解头登第。

这是个很有名的故事，最早出自唐人薛用弱的传奇小说《集异记》，不能全然当真。在唐代，参加府试、州试得了第一名，叫作"解头"。通过朝廷尚书省的省试者才是进士及第，进士及第的第一名才是状元。王维参加京兆府府试，如果《集异记》所言不虚，那他就是解头。二十一岁时，王维又参加了尚书省的省试进士及第，史书上并未说他考了第一名，夺得状元。可见状元之说，显然是把解头和状元混为一谈了。

不过，这个故事至少可以说明三点：第一，精通音乐，擅长演奏，更容易走进皇室贵族的圈子。第二，诗文出名，有拿得出手的佳作，可以让考生如虎添翼。第三，对考生来说，得力的赏识者和推荐人至关重要。

至今，仍有不少人把故事中的"公主"直接等同于玉真公主。玉真公主是唐玄宗的妹妹，雅好艺文，李白初到长安曾经居住在玉真公主在终南山的别馆，后来向唐玄宗举荐李白的也可能是她。仅凭这些依据，有关王维、李白与玉真公主的种种故事竟也纷纷出笼了。不只是玉真公主和王维有了恋情，就连李白也被卷进来了，诗仙和诗佛掀起了醋海情浪。大家知道，这是互联网时代兔不了的事情，此处就无需多言了。

但故事中把王维带到公主府第的岐王，的确是王维的赏识者。岐王李范是开元年间大名鼎鼎的人物，他不只是唐玄宗的弟弟，还是有功之臣，曾经在一网打尽太平公主及其党羽的先天政变中协助唐玄宗。岐王又有些文采风流，常把文人雅士招集在府中饮酒赋诗，听歌观舞。杜甫晚年，在那首著名的绝句《江南逢李龟年》中回忆四十年前的往事，起首第一句就是"岐王宅里寻常见"。杜甫去的岐王宅是在洛阳，那时候，前往观看李龟年演出的杜甫还是个初出茅庐的少年。王维去的岐王府是在长安，而且他常常跟随岐王外出游宴或避暑。岐王爱好诗文、书法、音乐、绘画，王维在这些方面样样出众，可以想见，岐王很欣赏这个多才多艺的年轻人。仅在开元八年，王维留下的诗作中就有三首都与岐王有关，分别是《从岐王过杨氏别业应教》《岐王夜宴卫家山池应教》《敕借岐王九成宫避暑应教》。

刚才说到唐代科举的一大产物行卷，考生在考试前把自己的诗文佳作投献给有地位有名望的人，以求得到他们的推荐。王维自然也会这么做，只是我们无法知道他用以行卷的诗作是哪些。仅从现存作品来看，当时他留下的佳作多是咏史诗，包括《西施咏》《李陵咏》《桃源行》《息夫人》等。《西施咏》借写西施从平民到宠妃的故事讽刺世态炎凉，《李陵咏》

效仿司马迁为蒙冤的李陵抒写不平，《桃源行》以七言歌行体再现了陶渊明笔下的桃花源世界。《息夫人》写得尤其好，只有二十字。

> 莫以今时宠，能忘旧日恩。
> 看花满眼泪，不共楚王言。

息夫人是谁？息夫人是春秋时期的大美女息妫，她原本嫁给息国的息侯，不久就被蔡国的蔡哀侯强占。息侯和蔡哀侯为了息妫而鹬蚌相争，结果，楚文王先是在息侯的求助下击败蔡国，活捉蔡哀侯，后又在蔡哀侯的怂恿下，灭掉息国，抢走了息妫。楚文王死后，息妫的儿子楚成王年幼即位，令尹子元又强占了息夫人。由于史书中息妫的故事太曲折了，涉及的人物及历史背景又太复杂，后人反而记不住她的事迹了。

王维这首小诗的巧妙之处，恰在于避繁就简，抓住息妫的一瞬间。前两句以息夫人的口吻说话，"莫以今时宠，能忘旧日恩。"不要以为你今天对我这样宠爱，就能让我忘掉旧日的恩情。后两句像今天的摄影镜头，聚焦在一个特写画面上，"看花满眼泪，不共楚王言"。据《左传》记载，息妫进了楚宫，为楚文王生下两个儿子，却从未主动跟楚王说过话，楚王问她是何缘故，息妫说："我一个女人，伺候两个丈夫，即使不能一死了之，又有什么话可说呢？"王维以这个细节为底本，添加了"看花满眼泪"的想象，一下子就把息妫的哀伤样子凸现在我们眼前。又因为前两句的铺垫，这首诗就有了深厚的寓意。

关于这首诗，还有个故事。唐人孟棨在《本事诗》中记载说，唐玄宗的兄长——宁王李宪，地位高贵显赫，拥有几十个宠爱的歌伎。王府的左边有个做饼子的饼师，其妻苗条、白皙、明丽。宁王一眼就看上了她，于是便把她抢回府中，宠爱非常。过了整整一年，宁王问她："你还记得那个卖饼子的人吗？"她听了默然无语。于是宁王把饼师召进府，女子见了丈夫，凄然泪下。当时府中有十多个在座的文人，见此情景，无不伤感。宁王让大家赋诗，王维率先写下《息夫人》。宁王看了王维的诗，就把这女子送回她的丈夫身边，以成全她的心愿。

这二十个字就成全了饼师夫妻的故事相当戏剧化，虽然不能对其真假断然下结论，但可以肯定渲染的成分远大于事实本身。如果宁信其有，那王维做这首诗就不只是咏史了，他是借息夫人的故事感动宁王，帮助饼师和他的妻子。有趣的是，由于史书中的息夫人故事太曲折、太复杂，后人对息妫的印象，大都来自王维的这首小诗。

开元九年，王维中了进士。唐代科举有多种科目，明经科容易，十人中录取一二人，进士科最难，百人中录取一二人。所以，唐代流传这样两句谚语："三十老明经，五十少进士。"意思是说，三十岁考上明经科就已经算老了，五十岁登进士第就算是很年轻了。孟郊四十六岁中进士第，在放榜之日写下

"春风得意马蹄疾，一日看尽长安花"的诗句。王维上榜时可不是四十多岁，只有二十一岁。他十五岁就来到长安，比别人更早开始人生的拼搏。二十一岁中进士，也比别人更早登上金榜。

从十五岁到二十一岁，等于我们今天从高中到大学的年龄。关于人生的许多美好语言都好像最适合于描述这个年龄段，尤其是生气勃勃、充满活力这样的字眼。王维的十五岁到二十一岁，相当于大唐王朝的开元三年到开元九年，可以说他在最有朝气的青春年华，赶上了大唐王朝最有朝气的鼎盛时期。由此来看，王维的《少年行》四首，无论怎么去想，都是发自这个年龄段的声音。

这是一组诗，总共四首绝句，分别从不同角度来歌咏一个少年豪杰。第一首写酒逢知己的游侠意气，第二首写视死如归的勇敢精神，第三首写骑马弯弓的超群武艺，第四首写立功封侯的踌躇满志。你看，这个少年豪杰简直就是盛唐时代少年人的理想化形象，充满浪漫主义、英雄主义的色彩。我们来看第一首：

新丰美酒斗十千，咸阳游侠多少年。

相逢意气为君饮，系马高楼垂柳边。

前两句写一群少年游侠的聚会。诗人先写酒，"新丰美酒斗十千"，渲染出酒意和豪情，然后再写人，"咸阳游侠多少年"。"新丰"在今西安市临潼区东北，古代以盛产美酒出名。"斗十千"是说一斗酒值万钱，名贵异常。"咸阳"本指战国时秦国的都城，这里代指长安。长安乃大唐之都，生活在这里的年轻一代，既不缺乏一掷千金的名门子弟，也不缺乏见多识广的少年游侠。这一天，他们纷纷前来相聚。古往今来，大凡是少年人相聚，本来就意味着热闹与狂欢，况且这是一群游侠，又有名贵的美酒。

第三句写酒酣耳热的场面，"相逢意气为君饮"。"意气"是指情谊、情义。今日把酒相逢，感念你的情义，为你也要喝个痛快，痛饮美酒，千杯不醉。正写到高潮，末句突然一转，把画面放到了酒楼外边——"系马高楼垂柳边"。酒楼外，垂柳边，马儿在依依杨柳下悠然自得。画面的迅速切换，动静的截然不同，让人觉得余音袅袅不绝。

总共也就四句，诗人却好像并不怜惜笔墨，第一句写酒，末一句写酒楼外。这其实正是他的高明之处。如果笔笔都写游侠少年，句句写实，反而少了空灵与含蓄。

王维自己从未做过游侠，但从这首诗中，完全可以感受到青年王维的意气风发。他二十出头就得到岐王李范的赏识，又进士及第，金榜题名，仕途应该很顺利吧？可实际上，一场预料不到的风暴突然改变了他的命运。

盛世蹉跎

济州四载

—

○ 谪去济川阴

王维进士及第后，被任命为太乐丞。太乐丞负责音乐、舞蹈等事宜，以供朝廷祭祀燕享之用。王维的祖父曾经在朝廷掌管音乐，而今王维也因为音乐才能，做了太乐丞。官阶不过是从八品下，但对于一个年仅二十一岁的年轻人来说，意味着大好前程的开始。可是，王维供职仅仅几个月，就因为属下伶人舞黄狮子而被贬官，贬到千里之外的济州做管理仓库的司仓参军。

黄狮子舞是只能给皇帝表演的，不知是什么缘故，王维属下的伶人触犯了这个天条。舞黄狮子案有没有冤屈？伶人究竟是在什么场合舞黄狮子的？王维知不知情？会不会有人趁机落井下石？岐王李范有没有为他说几句话？所有这些，我们都无从知道了。值得注意的是，从王维的诗作来看，他在720年常随岐王游宴赋诗，其后就断无消息了。726年他终于从济州归来，恰在这一年岐王去世。虽然无法得知王维和岐王之间究竟发生了什么事情，但唐玄宗对岐王及其追随者的态度，透露出了很不寻常的意味。唐王朝皇室从一开始就不乏血腥内斗，唐玄宗就是从这种血腥内斗中厮杀出来的。他一方面拿出善待兄弟的姿态，另一方面又禁止他们与群臣交结。万年县尉刘庭琦和太常寺太祝张谔，正是因为常与李范饮酒赋诗而被贬到偏远之地。就在王维常随岐王游宴赋诗的720年，出自河东裴氏，贵为唐睿宗驸马的裴虚己，因为喜欢谶纬，又与岐王李范交往密切，被唐玄宗流放到岭南新州，并被迫与公主离婚。由此再看王维遭贬，只怕在舞黄狮子一案的背后，还有许多不为人知的惊涛骇浪。

古代文人被贬官并不鲜见，但很少有人像王维这样，二十出头就进士及第，刚踏入仕途就被贬斥，正要展翅高飞却突然被折断翅膀。恰恰因为前边的路走得顺利，少年得意，一旦遭遇挫折，痛苦也来得更猛烈。司仓参军是管仓库的，为这九品小官，他不得不奔往千里之外的济州。济州治所在今山东聊城市所辖的茌平县，王维从长安出发，途中要经过郑州、荥阳、滑州等许多地方。他一路往东，途中写了不少感伤的诗。

离开长安的时候，王维向朋友写诗告别，题作《初出济州别城中故人》。开头两句说："微官易得罪，谪去济川阴。"这是对自己被贬谪的愤激之言，意思是说，卑微的官职最容易获罪，我就这样被贬谪到济水之滨。显然，王维并不认为他是有罪的。如果他真是放纵属下伶人在私下场合舞黄狮子，恐怕不会这样理直气壮。所谓"微官易得罪"，往往是被牵连所及，朝廷政治斗争的惊涛骇浪，经常会把卑微小官席卷进去。诗的结尾两句说："纵有归来日，多愁年鬓侵。"纵然还有回到京城的那一天，愁苦艰辛的岁月已经染白了双鬓。王维是这样珍惜大好年华，十五岁就独闯长安，二十一岁做了太乐丞。可是现在，他不得不前往遥远的贬所，在仓库小官的位置上蹉跎时光。

这天傍晚，秋雨连绵，他在途中来到郑州，写下《宿郑州》一诗。他的心情很黯淡，诗中说："他乡绝俦侣，孤客亲僮仆。宛洛望不见，秋霖晦平陆。"他说自己来到异地他乡，没有伴侣，自然就和僮仆亲近起来了。回头去看昨日经过的洛阳城，已经消失不见了，秋日的淫雨把平川大地变得灰蒙蒙的。末两句更是失意感伤，"此去欲何言，穷边徇微禄"。这一去还有什么可说的呢？就到那边远之地谋求微薄的俸禄吧！虽是如此感伤，中间几句写田园景象，还是流露出淡淡的愉悦，"田父草际归，村童雨中牧。主人东皋上，时稼绕茅屋。虫鸣机杼休，雀喧禾黍熟"。意思是说，老农从青草丛生的地头回来了，村童还在蒙蒙细雨中放牧呢。村东水边高地上就是主人家，一大片绿油油的庄稼绕着他的茅草屋。机杼声刚刚停下，秋虫便鸣叫起来，鸟雀喧噪不休，谷物正熟。如果说慰藉诗人的美丽山水并不是随处可以看到的，那么，宁静纯朴的乡野田园却是无处不在、俯拾即是的，就看有没有这份喜爱。

王维在济州为时不短，前后四年有余。济州的日子是很寂寞的，幸亏他是个耐得住寂寞的人。他在济州交往的朋友，多是僧人、道士和隐士，出现在他笔下的风景多有娴静之趣。"深巷斜晖静，闲门高柳疏。""山静泉逾响，松高枝转疏。""落花啼鸟纷纷乱，涧户山窗寂寂闲。峡里谁知有人事，郡中遥望空云山。"读罢这些诗句，觉得他简直是来济州修行的。

要说这几年最开心的事情，大概就是祖咏的来访。祖咏是王维最好的朋友之一，那首有名的绝句《终南望余雪》就是他写的，"终南阴岭秀，积雪浮云端。林表明霁色，城中增暮寒"。大约是王维贬官济州的第四年，祖咏到东州赴任，顺道来到济州，这一天也是下雪天气，正值傍晚时分。王维开心极了，写下《喜祖三至留宿》一诗。很快，祖咏要走了，王维一直把他送到百里之外的齐州，吟诗留别。请看他的《齐州送祖三》：

> 相逢方一笑，相送还成泣。
> 祖帐已伤离，荒城复愁入。
> 天寒远山净，日暮长河急。
> 解缆君已遥，望君犹伫立。

诗的大意是，我们才刚刚相逢，欢笑未已，就不得不洒泪而别。为你饯行已经不胜伤感，我又怎么能够一个人返回那荒凉的城池。天气寒冷，远山一片明净，日暮时分，长河急流奔腾。一解开缆绳，你就随着急流远去，我只能远望你的身影久久伫立。在王维的离别诗中，这首诗不算有名，但很真切，让人身临其境。一个贬在异乡的年轻人，在孤独中终于等来了知心好友，但短暂的相聚之后，又得回到寂寥中去，在跟好友分手之际，有多么落寞啊！诗中"天寒远山净，日暮长河急"两句，几笔勾勒，写景如画，是王维的名句。

在济州期间，王维写得最大气的一首诗是《渡河到清河作》。"河"是指黄河，"清河"是指清河县，在今河北省东南部。那时的黄河河道是汉唐时期的旧河道，跟今天的不一样，济州属于河南道，治所在茌平县，清河县是贝州的治所，属于河北道。王维从茌平县到清河县，在那时就是从河南道到河北道，要渡过黄河。古代诗人很少写黄河泛舟，我们来看王维是怎么写的。

泛舟大河里，积水穷天涯。

天波忽开拆，郡邑千万家。

行复见城市，宛然有桑麻。

回瞻旧乡国，渺漫连云霞。

头两句写黄河行舟。一只小船漂行在茫茫大河之上，已构成鲜明对比，再以一句"积水穷天涯"描述水域的辽阔无边，更强化了画面的对比感。"积水"指积聚的水，用这古拙的字眼平添诗意的沧桑。几千里黄河一路流来，汇集了无数小溪小河的积水，到了下游平原，积水穷尽天涯，水天浩渺无边。

随着船行大河之上，诗人看到了什么呢？三、四两句说："天波忽开拆，郡邑千万家。""天波"是说远处的天空和水波，"开拆"的意思是开裂、裂开。诗人上了船后，首先只看到"积水穷天涯"，水天一色，茫无边际。随着小船渐渐接近对面河岸，在那极远处水天一色的地方，就好像忽然间裂开了一道缝隙，人烟密集的城市出现了。这两句不仅有画面感，而且是动态的，像镜头一样由远及近。五、六两句，画面继续推进，"行复见城市，宛然有桑麻"。乘船前行，又有城镇扑入眼际，郊野的桑麻也渐渐地清晰可见了。

前边六句，传神地描述了横渡辽阔黄河的过程，从容写来，却富有变化。最后两句，笔墨一转，写到乡国之思，"回瞻旧乡国，渺漫连云霞"。回头遥望我的故乡，只见浩渺的水面连着天边云霞。为什么在这黄河水面上，诗人忽然想到自己的家乡？那是因为这黄河之水，从诗人的故乡蒲州流来，从洛阳旁边流来，从长安旁边的渭河流来。

另一首诗《和使君五郎西楼望远思归》，同样写在济州。"使君五郎"很可能就是725年来济州担任刺史的裴耀卿，他出自有名的闻喜裴氏家族，闻喜县也属于蒲州。王维跟他唱和，结尾两句是"故乡不可见，云水空如一"，意思是远眺故乡怎么也看不到，只见烟水苍茫，空蒙一片。其中的诗意跟"回瞻旧乡国，渺漫连云霞"，大致是一样的。对王维来说，济州旁边的黄河水，就是来自故乡的黄河水，因此也总是唤起他的乡关之思。

王维的十五岁到二十一岁，是从独闯京城到进士及第并踏入仕途的几年，很少有人像他那样把科举入仕之路走得那么顺利。况且他是名门出身，相貌不凡，才名远扬，深得王侯赏识。但突然之间，他就被卷进朝廷政治风浪，远远贬到济州管理仓库，从二十二岁直到二十六岁。如果说得意时的王维，已经是虔诚的佛教徒，已经迷恋陶渊明的桃花源，那么，经历了济州落寞的王维，就越发添加了出尘之想。王维毕竟还很年轻，其后几年，他将如何选择自己的人生之路呢？

渭城观猎

—○
风劲角弓鸣

　　开元十四年（726 年）的暮春时节，王维从济州贬所回来了。到了广武城边，在快到洛阳的时候，他写了首七言绝句《寒食汜上作》："广武城边逢暮春，汶阳归客泪沾巾。落花寂寂啼山鸟，杨柳青青渡水人。""汜上"是指汜水之滨，汜水流经"广武城"，注入黄河，广武城在今河南省荥阳市东北的广武山上。"汶阳"指汶水之北，济州在汶水之北。诗人离开济州，沿黄河归来，到了广武城边，正赶上寒食节，春天已经临近尾声。四年多的时间过去了，眼看就要到洛阳了，诗人悲喜交集，泪落沾巾。落花寂无声息，只听到山鸟在鸣叫。岸边杨柳青青，渡水的人照旧是来来往往。

　　四年前，王维在贬往济州的途中经过荥阳，写下"前路白云外，孤帆安可论"的诗句。当时他只觉得前路茫茫，远方的路在白云之外，乘坐这一艘小船，哪里知道会漂流到何方？现在他终于回来了，人生会不会出现转机？

　　王维回到洛阳，并不是因为得到升迁。唐代地方官的任期一般是三到四年，他只是因为任期已满，得以离开济州。其后几年，他常去的地方是长安、洛阳和淇上。长安和洛阳分别是唐王朝的京都和陪都，王维奔波在长安和洛阳，主要还是为了得到达官贵人的赏识，寻找施展抱负的机会，但济州归来后，他的仕途仍然走得很艰难。他进士及第比别人早，成名也比别人早，如今几年过去了，仍然遭受冷遇，只怕还是与舞黄狮子案颇有关系。他不像李白那样，有了郁闷、愤怒就宣泄出来，也不像杜甫那样，真实到把自己的潦倒、尴尬乃至耻辱也倾诉出来，他总是以佛理禅机的了悟和山水田园的风光让自己平静下来。尽管如此，王维也有忍不住爆发的时候。他的《不遇咏》让我们看到火山爆发的一面，如果不是放在王维诗集中，倒让人觉得此乃李白所作。

> 北阙献书寝不报，南山种田时不登。
> 百人会中身不预，五侯门前心不能。
> 身投河朔饮君酒，家在茂陵平安否？
> 且共登山复临水，莫问春风动杨柳。

今人作人多自私，我心不说君应知。

济人然后拂衣去，肯作徒尔一男儿！

诗题叫作《不遇咏》，开头四句，一句一个"不"字。意思是说，我向朝廷上书却得不到任何答复，我想躬耕南山下却天时不顺得不到好收成，我要有所作为却没有机会参加朝廷的盛会，我也不愿去权贵门前摇尾乞怜。诗人以排比的句式，强烈的语气，为自己的怀才不遇作不平之鸣。"今人"两句更是愤激之言，诗人对朋友说，今天的世人多是自私自利，你知道我的心情无法愉悦起来。最后两句，诗人抖擞精神说，建立功业，救济苍生，然后再功成身退，拂衣而去，我岂能就这样平平庸庸，徒然无奈，枉做一个男子汉！

诗中说自己"身投河朔饮君酒"，透露出他当时游历河朔，投奔某位朋友。"河朔"泛指黄河以北地区，范围相当广，他所说的河朔大致在哪里呢？从其他诗作来看，他在河朔的主要行迹是在"淇上"。

"淇上"又是指哪里？"淇上"并非地名，泛指淇水之上，淇水之滨，如同"氾上"是指氾水之滨。王维《寒食氾上作》的第一句是"广武城边逢暮春"，由此可知他所说的"氾上"是指氾水之滨的广武城。但王维《淇上即事田园》等诗中的"淇上"，却与任何具体的地名无关。跟他同时代的诗人高适，不但在淇上有自己的别墅，并写有《淇上别业》一诗，而且在淇上送往迎来，写下好几首交游诗。有趣的是，高适诗中的"淇上"，同样与任何具体的地名也无关。可见，当时的士人，把风景优美的淇水之滨视为隐居风雅之地，具体的地名倒是无关紧要了。虽说"淇上"的知名度，远不能与终南山、嵩山相比，但只要说到这两个字，时人还是懂得其中飘然出尘的意味。

王维慕名而来，但最初来到淇水之滨，很可能也是投奔朋友，与前边说的"身投河朔"是一回事。这时候的他只有二十七八岁，在隐还是不隐之间，他是很矛盾、很犹豫的。在《偶然作》六首的第三首中，向来含蓄的王维，坦然说出了自己的苦衷。他说：

> 日夕见太行，沉吟未能去。
>
> 问君何以然，世网婴我故。
>
> 小妹日成长，兄弟未有娶。
>
> 家贫禄既薄，储蓄非有素。
>
> 几回欲奋飞，踟蹰复相顾。
>
> 孙登长啸台，松竹有遗处。
>
> 相去讵几许，故人在中路。
>
> 爱染日已薄，禅寂日已固。
>
> 忽乎吾将行，宁俟岁云暮。

从这首诗，可以看出两点。第一，王维说他"日夕见太行"，从早到晚看到太行山，这地方很可能就是距离太行山不远的淇水之滨。淇水发源于太行山区，向东流经今天河南的卫辉市、林州市、鹤壁市、淇县及浚县。诗中又说："孙登长啸台，松竹有遗处。"孙登是魏晋时期的隐士，是嵇康的老师，多年隐居在故乡汲县的苏门山。汲县在今卫辉市西南，苏门山是太行山的一道支脉。据此来看，王维后来选择的淇上隐居之地，距离太行山比较近。第二，王维虽然是名门出身，成名很早，但父亲早逝，家中的储蓄已经很有限，小妹尚未长大，几个弟弟到了谈婚论嫁的年龄却尚未娶妻，作为长子，他仍然得为家人奔波，因此之故，他也很难安然地高卧云林。

虽然如此，由于仕途无望，他还是在淇上隐居了一些日子。他的五言律诗《淇上田园即事》，写的就是淇水之滨的田园风光和娴雅生活。

屏居淇水上，东野旷无山。

日隐桑柘外，河明闾井间。

牧童望村去，猎犬随人还。

静者亦何事，荆扉乘昼关。

诗人说自己屏客独居在淇水之滨，乡野平旷无际。太阳躲在远方的林子之后，河水穿越在村落之间。牧童驱赶着牛羊朝着村子走去，猎狗伴随着主人悠然回家。懂得清静之道的人，没什么事儿可烦扰的，趁着天色未黑，早早关上了柴门。

王维是我们心目中有名的禅修者，相信二十多岁的他，也比同龄人要娴静许多。就以这首诗来说吧，如果不是有"屏居淇水"四字，我们也可能以为这是他晚年所作。但这时的王维毕竟还很年轻，又生活在士人积极进取的盛唐时代，况且，他还要尽长子、兄长和丈夫的责任，所以，他的淇上隐居只能是暂时的禅修。

开元十七年（729年）王维回到长安，跟随大荐福寺道光禅师学顿教。从此，大荐福寺成了他常来禅修的地方。仅在道光禅师座下受教，就有十年之久。顿教是禅宗六祖慧能创立的南宗禅，我们知道，禅宗是汉传佛教的一个主要宗派，南北朝时期达摩把禅宗带入中国，但真正兴盛起来是在唐代。禅宗五祖弘忍就是唐代高僧，他的首座弟子神秀是北宗禅的开创者，传教的中心在长安和洛阳，影响遍及黄河南北。他以循序渐进的方法使门徒开悟，被称作"渐悟"。慧能是五祖弘忍的另一弟子，以岭南曹溪为中心传教。相对于神秀的渐悟法门，他提倡"明心见性"，后人称作"顿悟"，顿然领悟。王维幼时，神秀和慧能也还在世。他二十九岁开始学顿教，正是南宗禅在北方迅速传播的时候。虽然说王维并非高僧，但他走进大荐福寺，在道光禅师座下受教，堪称禅宗史上的大事。因为从禅的传播来说，没有谁的作品能像王维的禅诗那样，能在上千年的历史长河中广为流传，让许许多多并非僧侣或佛徒的人们也能从中体悟到禅意禅趣。

关于这一点，后边在释读王维晚年诗作的时候，再来从容欣赏。现在，先来欣赏他的五律名作《观猎》。这首诗节奏明快，气势豪迈，一般认为是王维前期的作品。而从章法的严谨和艺术的纯熟来看，应该不会早于二十岁以前。诗的内容写的是长安附近的狩猎之事，王维三十岁前后人在长安，我们就姑且将其写作年代放在这个时期吧！

> 风劲角弓鸣，将军猎渭城。
>
> 草枯鹰眼疾，雪尽马蹄轻。
>
> 忽过新丰市，还归细柳营。
>
> 回看射雕处，千里暮云平。

在古代社会，打猎是很寻常也很刺激的事，要把打猎活动很传神地写出来，却不容易。这就是为什么写打猎的诗文不可胜数，但真正播传人口的作品，少而又少。要说哪首诗写得最棒，当然就是王维的《观猎》了。

诗一开头，劈空而来，陡然一句"风劲角弓鸣"。"角弓"是用兽角装饰的硬弓，没有很大的臂力就拉不开。风力强劲，风声呼呼，射猎者拉开坚硬的角弓，一箭射出，弓弦砰然作响。有了这一句，先声夺人，然后才推出射猎者"将军猎渭城"。"渭城"本是秦朝的首都咸阳城，如今却是将军纵马射猎的地方，顺势也带出几分沧桑。

颔联接着写打猎场面，"草枯鹰眼疾，雪尽马蹄轻"。古人打猎，往往是飞鹰走马，放鹰追捕，骑马追逐，好不爽快尽兴，可一放到诗里，很容易陷入雷同。怎么才能别开生面，与众不同？王维的笔墨，字字传神。第一，"草枯""雪尽"是冬末春初的景象，简单四字，特有的季节感和画面感都有了。第二，"草枯"和"鹰眼疾"，"雪尽"和"马蹄轻"，都有一种微妙的因果关系，王维观察入微，巧做文章。第三，以"疾"字写鹰眼的锐利，以"轻"字写马蹄的快捷，恰到好处。第四，上下联构成绝妙的流水对，几个连续的画面，一气呵成。野草干枯了，动物没了遮挡，鹰眼锐利如电，当苍鹰扑向猎物时，将军纵马追赶，积雪消融了，骏马没了滞碍，跑得越发迅猛轻快，一瞬间就追上了猎物。

颈联紧承上句"雪尽马蹄轻"，极写将军骑马的神速，"忽过新丰市，还归细柳营"。"新丰市"在今西安市临潼区，古代以盛产美酒出名，王维就有"新丰美酒斗十千，咸阳游侠多少年"的诗句。"细柳营"在今西安市长安区，是西汉名将周亚夫的屯军之地，这里借指打猎将军的军营所在。王维顺手拈出这两个地名，让将军平添几分英雄豪气。更巧妙的是，王维在"新丰市"前来一个"忽过"，在"细柳营"前来一个"还归"，骏马的神速，将军的骁勇，打猎的快意，就都表现出来了。"忽过"是忽然经过，在这里给人的感觉更是一闪而过。

新丰市和细柳营相距数十里，将军纵马疾驰，何其矫捷，又何其痛快啊！

到了最后两句，打猎已经结束了，将军也已经回到驻扎的军营了，写什么才好呢？尾联也是妙笔："回看射雕处，千里暮云平。"雕是猛禽，飞速极快，相传北齐名将斛律光曾一箭射中疾飞中的雕，被称作"落雕都督"。王维再次把典故顺手擒来，以"射雕处"代指方才打猎的地方。将军返归军营，心满意足又兴犹未尽，不由得回首眺望打猎的地方，这时候正是傍晚时分，只见暮云横在天际，与大地连成一片。这宁静的画面，与前边六句构成了鲜明的对比，并极具艺术的张力，让人再次回味打猎的快速、紧张、昂奋和刺激。

这是一首妙到很难再妙的五律杰作，用字、用词、用句、用典，处处令人叫绝。所以，清人沈德潜称赞这首诗"神完气足，章法、句法、字法，俱臻绝顶"。此外，王维作为画家和音乐家，对于声音、画面感觉微妙，捕捉及时。不只是第一句"风劲角弓鸣"以声音先声夺人，也不只是最后一句"千里暮云平"以画面余音袅袅，仔细玩味，就连"草枯鹰眼疾，雪尽马蹄轻"两句中，也有画面和节奏。当然，这种诗、画、乐的奇妙结合，最典型的还是他的山水诗和田园诗。

嵩山闭关

— ○ 落日满秋山

　　开元十九年（731 年），王维三十一岁了。十年前他已进士及第，名噪京华，不久却被卷进朝廷政治旋涡，因为一场突如其来的舞黄狮子案被贬到济州。如今，罩在他头顶的政治阴影好像仍未散去，我们甚至不知道他回到京洛以后，担任过什么官职。

　　大约就在这一年，王维的妻子崔氏去世了，从此再未续娶。从王维现存的诗文来看，他从来没在妻子生前提到过她，也没有在妻子去世后留下任何哀悼的文字。这虽然有些遗憾，但古代文人大都不会把妻子写在诗文中，因此从前很少有人注意到这一点。近年来，随着网络文化的众声喧哗，关于王维和他妻子的种种说法也就纷纷出现了，有人把王维夫妻的爱情想象得很完美，有人却怀疑王维是否爱他的妻子。

我相信王维是深爱他的妻子的。第一，崔氏去世时王维只有三十岁出头。按照他的条件，不仅还有选择美眷佳偶的机会，往俗点儿说，他还可以以婚姻作为进身之阶。但他在妻子死后终身不娶，这可不是容易做到的事情。第二，王维在妻子死后的第二年漫游蜀地，历时数月才返回长安。当时他是平民布衣的身份，看不出他有干谒求仕或其他目的。他的这次远行，很可能是妻子死后排遣痛苦和寂寞的旅行。第三，崔氏的弟弟叫崔兴宗，王维一直把他当作至亲挚友。在崔氏去世的第四年，崔兴宗要从长安去洛阳，王维写下《送崔兴宗》一诗。诗的开头感叹身边的亲友越来越少了，"已恨亲皆远，谁怜友复稀"，诗的结尾相约重阳节在洛阳同聚，"方同菊花节，相待洛阳扉"。不久，王维果真去了洛阳。另一首诗，题作《崔兴宗写真咏》："画君年少时，如今君已老。今时新识人，知君旧时好。"据此可知，王维早年曾经为少时的崔兴宗画肖像，晚年仍与崔兴宗相交甚深。此外还有一首《秋夜独坐怀内弟崔兴宗》，"内弟"的意思是内人的弟弟，也就是我们今天俗称的小舅子。如果王维与妻子感情不好，那他与小舅子的友情、亲情就不免要大打折扣了。第四，王维在一首写给四弟王紞的诗中，诉说心里的孤独和悲伤，其中两句尤为伤心："心悲常欲绝，发乱不能整。"这样的悲伤欲绝，痛不欲生，与其说是表达思念小弟的心情，不如说是向弟弟倾吐自己丧妻的哀恸。

开元二十二年（734 年）秋，王维从长安前往洛阳。前边刚刚说过，他与崔兴宗约好重阳节在洛阳相聚。但这不是主要原因。《送崔兴宗》一诗，在"已恨亲皆远，谁怜友复稀"两句之后，紧接着是"君王未西顾，游宦尽东归"两句。为什么亲人都从长安跑到远方了，旁边的朋友越来越少了，那是因为唐玄宗跑到洛阳后，很久都没有"西顾"长安了，所以求官的做官的也都纷纷"东归"洛阳了。

这里需要说一下，王维为什么接连多年奔走在长安和洛阳之间，为什么几度隐居在长安附近的终南山或者高卧于洛阳附近的嵩山。长安和洛阳，一个京都，一个陪都。中国历史上的大一统王朝，既有首都又有陪都的情况并不罕见，但没有哪个王朝像唐朝前期、中期那样，接连几代帝王频繁往来于两都之间。皇帝往来于西都、东都之间，意味着大批朝廷官员都得跟着搬迁，也意味着许多干谒求仕的读书人随之奔走，因此才有王维所说的"君王未西顾，游宦尽东归"。就连一些想走终南捷径的士人，也会根据皇帝在长安和洛阳的往返，来往于终南山和嵩山。其中最有名的，就是走"终南捷径"的卢藏用，当时人把他称作"随驾隐士"。

734 年的年初，唐玄宗第五次巡幸洛阳，一直到 735 年冬才返回洛阳。虽然说这时候的唐玄宗已在发生微妙的变化，735 年的洛阳五凤楼狂欢大宴就被一些史学家视为唐玄宗走向腐化享乐的标志，但在 734 年他总算还有识人之明，让众望所归的张九龄担当中书令之职，做了宰相。张九龄不仅是前宰相张说极力推重的能臣，也是名满天下的诗人，"海上生明月，天涯共此时"就是他的诗句。王维从长安跑到洛阳，大概也是希望得到张九龄的赏识。他向张九龄献诗，恳请他予以荐引，然后就再次来到嵩山，一边闭门静修，一边等待机会。

《归嵩山作》一诗，很可能作于这年秋天。与晚年的静坐禅定、空明幽寂不同，这首诗写的是超然物外、闲适自得的心情，当是早期的归隐诗。"归嵩山"的"归"，既有归来、重返故地的意思，也有归隐、隐居的意思。归隐在古代是很大很泛的概念，至于怎样归隐，目的为何，真真假假往往因人而异。从盛唐时代来说，真正隐居不出、老死山林的人很少，许多人都是因为仕途不顺，暂且归隐山野或田园，博得清名，等待机会。就在王维回到嵩山的前一年，李白也来过了，他先来到嵩山，不久就去了洛阳，向唐玄宗献赋。王维是先去洛阳，向张九龄献诗，然后回到嵩山。诗仙和诗佛，一个在嵩山求仙问道，一个在嵩山闭关静修，隐居的方式不一样，但同样是在等待出仕的机会。了解了这些，再来看这首诗：

> 清川带长薄，车马去闲闲。
>
> 流水如有意，暮禽相与还。
>
> 荒城临古渡，落日满秋山。

迢递嵩高下，归来且闭关。

诗中所写，不过是沿途寻常景象，但在诗人笔下，有说不出的和谐与自然。头两句当是出城后沿着河边前行的情形，"清川带长薄，车马去闲闲"，"清川"指清澈的河流，这里当是指洛阳城南的伊水及其支流；"带"是环绕之意；"长薄"是指绵延的草木丛。诗人出城后，沿着河边的路一路行来，只见草木绵延，河流清澈，他乘坐的车马慢慢走着，悠闲自在。这种悠闲自在，是不为红尘奔忙的悠闲，不为俗务烦扰的自在。

有"清川""长薄"在旁，就有"流水""暮禽"相随。三、四两句拟人化，带着感情，"流水如有意，暮禽相与还"。路途相随的流水好像有情有义，傍晚的鸟儿也好像要陪伴诗人回到嵩山。这两句里，有走出红尘喧嚣的惬意，有回到大自然的愉悦。

五、六两句也写沿途所见，却是另一种景致，"荒城临古渡，落日满秋山"。乍然一看，荒城、古渡，落日、秋山，透出荒凉之意。但从全诗来看，诗人别有寄托。荒凉的城池靠着古老的渡口，这其中有多少历史的兴废，人事的沧桑，落日的余晖遍洒在秋天的山野，又一日就要成为过去，面对这一切，诗人的心境是淡然的，超然的。

最后两句说："迢递嵩高下，归来且闭关。""嵩高"是嵩山的别称。诗人此时并未抵达嵩山，但他已经远远看到嵩山高高耸立、连绵不绝的山势。"且"是暂且之意,"闭关"是指佛家的闭门独居,专心修炼佛法,不与外界交往,等满了一定期限再外出。诗人又回来了,他将在嵩山暂且闭门静修。从洛阳一路行来,就要到达目的地了,诗人却没有把喜悦流溢在文字中。他并非匆忙赶路回到嵩山,他享受的就是一路上的从容自在,不疾不徐,车马闲闲,流水有意,禽鸟相随,荒城古渡,落日秋山,很自然,很随意,很超然。

王维在嵩山的一座寺庙里闭门静修了半年左右。他是个虔诚的佛徒,又耐得住寂寞,但对亲人的思念还是少不了的。《山中寄诸弟妹》一诗,或许就写于嵩山上。这是一首五言绝句:

> 山中多法侣,禅诵自为群。
> 城郭遥相望,唯应见白云。

在欣赏《九月九日忆山东兄弟》那首名作时,我曾经说过,王维不说他如何想念几个弟弟,却说几个弟弟想到他惆然失落,顿时就多出几分含蓄真挚。《山中寄诸弟妹》的后两句"城郭遥相望,唯应见白云",不说他遥望城里的弟弟、妹妹,却说城里的弟弟、妹妹遥望山里的他,这跟"遥知"两句是很相像的。王维似乎是有意为之,在表达此时思念的同时,也在呼应自己少年时的旧作,唤起弟妹对往昔的回忆。

仕途漫漫

出使凉州

○ 大漠孤烟直

开元二十三年（735 年）的春天，王维终于等来了机会，他被任命为右拾遗，离开嵩山，到洛阳就职。拾遗是从八品上的品级，门下省有左拾遗，中书省有右拾遗。官虽不大，职责却很重要，规谏朝政缺失。而且，这是有可能步步高升的中央官职，选拔王维的张九龄，当年就在门下省做过左拾遗。王维进士及第后在仕途上蹉跎了十来年的时光，好在他还年轻，此时是三十五岁。张九龄选拔王维，有些像今天选拔优秀青年干部。王维很感激，再次向张九龄献诗。这一年张九龄被封为始兴伯，所以此诗题作《献始兴公》。诗的前八句，先向张九龄表明自己的人格和节操。

> 宁栖野树林，宁饮涧水流。
>
> 不用坐梁肉，崎岖见王侯。
>
> 鄙哉匹夫节，布褐将白头。
>
> 任智诚则短，守仁固其优。

大意是说，我宁可栖身在荒野林子，宁可饮取山涧流水，也不想为了荣华富贵而不顾一切地干谒王侯。匹夫的节操或许被人看不起，我却甘愿粗布短衣，白头到老。运用智谋确实非我所长，固守仁义本就是我的优点。王维说这些话，自然是希望张九龄了解自己、信任自己，却也不是为了博得信任就任意美化自己。他成名很早，中进士也早，仕途却总是坎坷不遇。唐代选拔人才是科举和荐举并行，因此干谒之风极盛，士人为寻求仕途门径纷纷奔走于王侯权贵之门，王维在二十岁前后就曾经是岐王府里的常客。贬官济州之后的十多年，王维一直没有从政的机会，许多日子都是在隐居和静修中度过，却不曾跑到王侯权贵面前逢迎巴结。这在当时是很难得的，所以他可以很骄傲地这样表白自己。

诗的后八句，称赞张九龄的人格，希望张九龄把自己引为同类，重用自己。

> 侧闻大君子，安问党与雠。
>
> 所不卖公器，动为苍生谋。

贱子跪自陈：可为帐下不？

感激有公议，曲私非所求。

这八句，从诗意上又可分为前四句和后四句。前四句说，听说您是大君子，用人不避亲仇。从来不会卖官鬻爵，事事都从苍生百姓出发。王维在称赞张九龄任人唯贤、大公无私，也在表明自己投效张九龄是良禽择木而栖。后四句说，我跪下来向您陈情，可否胜任您的部下？您的公正让我感奋激发，偏袒徇私并非我的希求。这最后四句，是"跪"下来陈情的谦卑客套，却也有站直了做人的慷慨激昂。

王维对张九龄的赞辞与历史的评价是一致的，并非罔顾事实，曲意奉承。张九龄确实是历史上少有的贤相，秉公办事、任人唯贤、敢于直言，不徇私枉法，不趋附权贵。在被朝廷冷落了十多年之后，王维终于从张九龄这里看到了希望，向他献诗并得到赏识和提拔。这个二十出头就已崭露头角的人中之凤，刚一起飞就遭遇了断翼之痛，现在经过漫长的寂寞和等待，总算可以再次起飞。这时候他还年轻，一切还来得及，未来人生中，他是否就有施展身手的机会？

735 年对王维来说是重燃从政热情和人生希望的一年。这时候的唐王朝正处于强大繁荣的巅峰，在此之前的 727 年唐军大破吐蕃，西北趋于安宁，734 年唐军击溃契丹，东北边境也平定下来。这时候的唐玄宗已经执政二十三年，虽然已没有开元初年的英明睿智、知人善任，但多少还有几分清醒的头脑。就在王维官拜右拾遗的735年四月，唐玄宗与群臣宴于集仙殿，把集仙殿改作集贤殿。一字之改，把神仙的"仙"改作贤才的"贤"，多少说明他当时还有爱才之心。然而，也是在735年，从前厉行节俭、反对奢靡的唐玄宗，做了一件穷奢极欲、劳民伤财的事情。他在洛阳五凤楼举办盛宴，命令三百里内的刺史、县令都要亲自率领乐队到五凤楼汇集。音乐、舞蹈、戏剧、杂耍，还有大大小小的宴席，接连喧闹了五天，演员登场竞技，各地争夺胜负，官员邀功取宠。

735年前后的唐玄宗正在迅速发生转变。皇帝做久了，他已倦于朝政，日益贪于享乐，但又要把权力完全操控在手中，因此越来越宠信阿谀奉承、唯命是从的臣子。说来很讽刺，也很戏剧性，唐玄宗在位四十四年，前二十来年重用姚崇、宋璟等贤相，后二十来年宠任李林甫、杨国忠、安禄山之流，仅以用人而言，可谓天壤之别。张九龄出任中书令恰是在前后两个二十来年之间，同时官居相职的还有侍中裴耀卿和担任同中书门下三品的李林甫。张九龄秉公守则，敢于直谏，如果是在开元初期，唐玄宗和他真可能有一番君明臣贤的佳话。李林甫阴柔多谋、口蜜腹剑，最善于察言观色，在735年前后遇到唐玄宗，那才是有其君者，必有其臣。很快唐玄宗就倒向李林甫，与张九龄渐行渐远。

736年初冬，朝臣们跟随唐玄宗返归京城，王维也回到了长安。不久，张九龄被降级，改任尚书右丞相。第二年四月，张九龄被贬为荆州大都督府长史。被贬的原因，看似是由于他所举荐的监察御史周子谅触怒了玄宗，李林甫趁机进谗陷害，其实是由于他反对废除李瑛太子之位，站了武惠妃的对立面，因此得罪了玄宗。而李林甫，恰是因为善于揣摩武惠妃的心思，连连在玄宗那里得分。

这是一场宫廷内斗，也是一场朝廷内斗，仅从三位皇子被杀和周子谅之死，就不难想象其中的血雨腥风。开元前期，玄宗先后与三个宠妃分别生下三子，这就是后来的太子李瑛、鄂王李瑶和光王李琚。后来武惠妃得宠得势，在玄宗面前百般谗毁李瑛，连李瑶、李琚也不放过。张九龄劝谏玄宗不能废太子，李林甫却迎合武惠妃，推波助澜。737 年四月，武惠妃派人去召三位皇子入宫，说是宫中有盗贼。三位皇子披甲入宫，武惠妃却说他们意欲兵变，杀入宫内。玄宗震怒，把三位皇子废为庶人，不久全部赐死。

李林甫为对付张九龄，拉来毫无政治经验的河西武将牛仙客做同盟，推举牛仙客为相，张九龄坚决反对。玄宗从洛阳回到长安不久，就把张九龄降为尚书右仆射，以李林甫取代张九龄的中书令之位，以牛仙客接替李林甫的同中书门下三品之职。周子谅与王维一样，也是张九龄向朝廷荐举的人才，任监察御史。他向御史大夫李适之私下进言，痛说"牛仙客不才，滥登相位"，不料竟被李适之转报到玄宗那里。玄宗命人在朝堂上杖责周子谅，打得死去活来，然后流放到三千多里外的瀼州。可怜周子谅刚踏上流放之路，就因刑伤太重，死在距离长安仅仅几十里的蓝田县。

王维初入仕途时，就因为卷入宫廷内的惊涛骇浪，被贬逐到济州。时隔十多年之久，终于得到张九龄的赏识做了右拾遗，但仅仅两年，再次陷入政治旋涡。暂且不论当时还发生了什么可怕的事情，只说三位皇子被赐死、周子谅被杖责以致身亡这两件事情，就已经让朝臣们震撼惊惧了。《资治通鉴》记载说："九龄既得罪，自是朝廷之士，皆容身自保位，无复直言。"在这种情形下，王维写了一首思念、感恩张九龄的诗，题作《寄荆州张丞相》：

> 所思竟何在，怅望深荆门。
>
> 举世无相识，终身思旧恩。
>
> 方将与农圃，艺植老丘园。
>
> 目尽南飞雁，何由寄一言？

大意是说，我所思念的人在哪里？只能怅然眺望遥远的荆州。除了您天下没有人赏识我，一辈子我都会记着您的知遇之恩。如今您被贬荆州，我也将远离官场，归耕田园。看着南飞的大雁消失在天边，我却无法捎去书信，怎么才能把想说的话传达给您啊！在王维作品中，这首诗算不上名篇佳作，感情却极是强烈、真切、深挚。在当时险恶的朝局下写出这样的诗，还是需要血性和勇气的。

同年夏天，王维以监察御史的身份奉命出使凉州。监察御史是正八品下，比起从八品上的右拾遗略有降级，级别上并没有明显变化。但出使凉州，很可能是因为遭到排挤。凉州在今甘肃省武威市，唐玄宗时是十大节度使之一的河西节度使幕府所在地，主要统辖河西走廊一带。当时，河西节度副使崔希逸在青海打败吐蕃，王维是奉使前往凉州慰问。就在这次出使凉州途中，他写下了不朽之作《使至塞上》：

> 单车欲问边，属国过居延。
>
> 征蓬出汉塞，归雁入胡天。
>
> 大漠孤烟直，长河落日圆。
>
> 萧关逢候骑，都护在燕然。

我们去大西北旅行时，常会想起"大漠孤烟直，长河落日圆"这两句诗。当年王维奉命出使凉州，无论是否因为遭到排挤，也算是难得的旅行。迥然不同于内地的塞上风光，以及沿途许多相关的历史人文，对王维来说无疑都是很新奇，很有诱惑力的，激发着他的灵感。

开头两句叙述行程，"单车欲问边，属国过居延"。"单车"是单独一辆车，"边"是边塞，小小一车与空阔的边塞构成反衬。"属国"是官名，典属国的简称。汉代把负责外交事务的官员称为典属国，唐代以"属国"代称出使边陲的使臣，诗人在这里指自己的使者身份。"居延"是地名，汉代称居延泽，在今内蒙古额济纳旗以北。霍去病以奇兵绕道居延泽，击败河西走廊的匈奴势力。后来西汉张掖郡设有居延县，东汉凉州刺史部设有张掖居延属国。由于汉代历史上管辖居延的首府在河西走廊，而诗人出使的凉州是唐代河西节度使的幕府所在地，所以诗人就在这里以"居延"泛指凉州一带。汉代与唐代都是以长安为都城的强大帝国，唐人下笔很喜欢以汉代唐。诗人写唐代的边塞，用的却是汉代的官名、地名，想展开的不只是空间的广阔无垠，还有时间的辽远苍茫。诗的第三句"征蓬出汉塞"的"汉塞"，最末一句"都护在燕然"的"燕然"，也是同样道理。

三、四两句，以两个比喻接着写出使塞上，"征蓬出汉塞，归雁入胡天"。"征蓬"是随风飘飞的蓬草，"汉塞"指汉代的边塞，"胡天"指胡人地域的天空。诗人单车慰问边关，就像飞蓬飘出了汉塞，就像北归的大雁进入了胡天。比喻的同时，前后两句也各自构成对比。一把飘飞的蓬草与茫茫的汉塞，几行飞翔的大雁与无边的胡天，强烈对比的画面，使异域边野越发显得寂寥苍凉，也使这次塞上之行越发显得不同寻常。

五、六两句是大家都熟悉的千古名句，"大漠孤烟直，长河落日圆"。"大漠"指大沙漠，"长河"指黄河，大凡第一次见到沙漠或黄河的人，谁不心情激荡，谁不想把心里的感触说出来，写下来啊！可是，这样壮美的景象似乎只可意会，难以言传。王维以细细一道"孤烟"反衬浩瀚无边的"大漠"，以霞光万缕的"落日"烘托穿越旷野的"长河"，上句有"大漠孤烟"，下句有"长河落日"，已经是妙手偶得了。但最令人叫绝的，还是"大漠孤烟"之后再来一个"直"字，"长河落日"之后再来一个"圆"字，起到画龙点睛的作用，使画面顿时活了。王维是大诗人，巧于遣词用字，又是大画家，深知线条勾勒的奥妙，因此才有此神来之笔。大漠无边无际，是一个平面，有一道直直向上的孤烟来反衬，不但显得辽阔，而且多出几分立体感。长河蜿蜒逶迤是一条曲线，有一轮圆圆的落日反衬，同样添加了立体感。

最后两句"萧关逢候骑，都护在燕然"，其中有四个名词。"萧关"是古代有名的边关，在今宁夏固原市的东南，王维出使河西并不经过萧关。"候骑"是担任侦察巡逻任务的骑兵。"都护"是汉唐时代都护府的长官，唐朝在西北边塞设有六大都护府。"燕然"是古山名，在今蒙古国杭爱山，东汉时窦宪大破北匈奴，登上燕然山刻石记功。"萧关""都护""燕然"在这里都是泛指，"萧关"泛指西北一带古老的边关，"都护"泛指西北边塞高级将帅，"燕然"泛指遥远的边塞前线。末两句的内容很简单，大意是说在古老的边关遇到了侦察巡逻的骑兵，得知主帅正在遥远的前线领兵未归。妙在诗人轻松点出四个有象征意味和历史意味的名词，上句两个名词之中着一个"逢"字，下句两个名词之中着一个"在"字，着字信手拈来，动词信手挥洒，边塞的辽阔、唐军的强大，以及前往慰问边塞官兵之意都已包含其中了。

这首诗总共四十字，近半是地名、官名，而且有几个地名、官名还是以汉代唐。这样的写法，展开了时间和空间的辽阔，也丰富了诗的含量，激发了人的想象。

王维在出使凉州途中写下了不朽之作《使至塞上》。那么，他到了凉州之后，又会是怎样的感受，还有没有留下边塞诗呢？

边关明月

—○ 陇上行人夜吹笛

凉州位居狭长的河西走廊，是丝绸之路的咽喉。在中国历史上，河西走廊大多时候是大一统王朝的西北端，一旦天下动荡，河西走廊就很容易成为异族政权的盘踞之地。即使在强大的汉唐时代，河西走廊也常常是汉人和游牧民族的征战之地。汉朝时西北有匈奴，西南有羌胡，河西走廊夹在其中。唐朝时西北有突厥，西南有吐蕃，还是河西走廊夹在其中。汉武帝时建立河西四郡是要隔断羌胡，唐朝设立河西节度使是为了隔断吐蕃和突厥。又因为汉唐两朝都是以长安为都城，河西四郡中距离长安最近的凉州，就成了长安的门户和屏障。唐玄宗时有十大节度使，以凉州为首府的河西节度使是实力最强的节度使之一。

　　节度使相当于今天的大军区司令员。坐镇河西的节度使原是牛仙客，李林甫为了对付张九龄拉他结盟，他也就接连高升，最后做了宰相。崔希逸原是节度副使，在牛仙客走后大败吐蕃，王维出使凉州的时候，崔希逸已经升为节度使了。此人不俗，早年就是个知名人士。想来是赏识王维的才华，崔希逸把出使而来的王维聘作节度判官，协助掌管文书事务。王维也不想回到朝廷政治的旋涡中，于是就在凉州开始了军旅生活。

　　前边我们讲过王维的《少年行四首》。第一首写的是酒逢知己的游侠意气，"新丰美酒斗十千，咸阳游侠多少年。相逢意气为君饮，系马高楼垂柳边"。第二首写的是视死如归的勇敢精神，第三首写的是骑马弯弓的超群武艺，第四首写的是立功封侯的踌躇满志。另外还有一首早年所作的《从军行》，抒发的也是征战沙场、建立军功的英雄气概，"吹角动行人，喧喧行人起。笳悲马嘶乱，争渡金河水。日暮沙漠陲，战声烟尘里。尽系名王颈，归来报天子"。这是年轻诗人想象中的一场边塞鏖战：唐军号角声声，征人们从睡梦中惊起。敌军胡笳声也吹响了，战马嘶鸣。双方抢占先机，争渡金河。战斗持续到黄昏仍未停止，沙漠边陲，残阳如血，战火烟尘中传来一阵阵厮杀声。将士们歼灭了敌军，把绳子套在敌人首领的脖子上，带回来献给天子。

虽然不能据此来说王维早年也有过慷慨从军、建功立业的梦想，但可以肯定的是，年轻时的王维对于边塞军旅生活有过不少富有激情的想象。与他同时代的大诗人，包括大家熟知的岑参、高适、李颀、李白、杜甫、王昌龄、王之涣、王翰等人，几乎都在年轻时充溢着理想主义、浪漫主义、英雄主义的色彩。而对英雄主义色彩而言，最突出的体现就在边塞诗的创作。有趣的是，在上述大诗人中，真正去过边塞的只有岑参和王维。岑参是边塞诗派的代表人物，王维却是田园诗派的代表人物。从王维的边塞诗可以看到王维及其诗歌的另一面。

王维初到凉州是在开元二十五年（737年）的夏天，《出塞作》作于同年秋天。

居延城外猎天骄，白草连天野火烧。

暮云空碛时驱马，秋日平原好射雕。

护羌校尉朝乘障，破虏将军夜渡辽。

玉靶角弓珠勒马，汉家将赐霍嫖姚。

诗的前四句是说，居延城外，自视为天之骄子的胡人正在狩猎，白草遍地燃烧，围猎的野火与天相连。暮云下，大漠空旷，驱马飞奔，秋日的平原正好让他们弯弓射雕。诗人突出胡人的气焰和声势，恰是为唐军的强大和勇猛做铺垫。后四句说，护羌校尉坚守阵地，一早就登上防御城堡，破虏将军威猛出击，连夜渡过辽河。那镶玉的宝剑，角饰的硬弓，珠宝装扮络头的骏马，都是朝廷要赐给霍去病的。就像《使至塞上》里的地名、官名多是以汉代唐，"霍嫖姚"更是以西汉时大破匈奴的霍去病来代指击败吐蕃的崔希逸。总的来说，这首诗胜在布局的巧妙，其余则显得一般。诗人当时是奉命出使凉州，或许已经被崔希逸聘为节度判官，不免要写些慰问性、宣传性的文字。

而《陇西行》就明显不同了。此诗给人的感觉是，诗人抓住了灵感忽来的一刹那而信笔成诗，一句拼凑也没有。全诗只有六句：

> 十里一走马，五里一扬鞭。
>
> 都护军书至，匈奴围酒泉。
>
> 关山正飞雪，烽火断无烟。

开头两句先把人吸引住，并造成悬念。诗人写走马扬鞭，突出马速之快，军情之急。信使驱马疾驰，一奔跑就是十里，一扬鞭就是五里，风驰电掣，一掠而过，这究竟发生了什么事呢？中间两句，再说军情告急的缘由：都护告急的军书送来了，匈奴人已经包围了酒泉。酒泉是河西四郡之一，酒泉一旦失守，整个河西走廊就将陷入危机。但诗人并没有接着去写唐军如何应敌，如何奔赴酒泉解围，如何英勇杀敌，而是以看似寂寥荒凉的画面结束全诗：边关的山山岭岭正是飞雪茫茫，全然不见边防哨所报警的狼烟。

这最后两句巧妙地呼应了头两句。为什么信使要驱马疾驰，"十里一走马，五里一扬鞭"？正因为"关山正飞雪，烽火断无烟"。按例说，马跑得再快，也没有狼烟报警来得快，但飞雪茫茫，狼烟失去了作用。前后的呼应，既构成了诗意的完整，也确立了角度的特别，诗人正是从这个角度来表现边塞独有的风景和军队生活的紧张。而最后两句与中间两句巧妙衔接，大敌压境，军情紧急万分，诗人偏不写唐军应敌御敌，只写关山飞雪，烽火无烟。如果说开头营造的悬念在诗中已经给出答案，那么，诗的最后就营造了一个更大的悬念，吸引人在悬念中想象回味。

在凉州，诗人还写了《陇头吟》一诗。《陇西行》和《陇头吟》都是乐府旧题，题材上多写边塞。"陇西"的意思是陇山以西，"陇头"就是指陇山，位居秦川的西端。从前出了宝鸡再往西，就意味着出塞了。王维的《陇西行》和《陇头吟》，都作于凉州，题目相似，但内容和风格很不一样。我们先来看《陇头吟》：

> 长安少年游侠客，夜上戍楼看太白。
>
> 陇头明月迥临关，陇上行人夜吹笛。
>
> 关西老将不胜愁，驻马听之双泪流。
>
> 身经大小百余战，麾下偏裨万户侯。

苏武才为典属国，节旄落尽海西头。

诗的前六句接连出现三个人物。第一个登场的是"长安少年"，"长安少年游侠客，夜上戍楼看太白"。"戍楼"是瞭望台，边防驻军用来远望的高台。"太白"是太白星，也就是金星，古人认为金星主兵象，可以预测战事。这位长安少年是轻生重义的侠客，他夜登戍楼，仰望金星，想知道战争的征象。不用说，他是初来乍到，意气风发，踌躇满志，恨不能横戈跃马，杀敌立功，拜将封侯。

第二个登场的是"陇上行人"，也就是边塞征人。诗人的笔墨从"长安少年"的"夜上戍楼"，自然转换到"陇头明月"，于是又引出了"陇上行人夜吹笛"。同样是一个星月满天的夜晚，对于初到边塞的少年人来说，他"夜上戍楼"是为了望金星，看兵象，而对于戍边已久的"陇上行人"来说，触绪牵情的却是那轮高高照着边关的明月。他忍不住望月怀乡，吹起羌笛。

第三个登场的是"关西老将"。在这寂静冷清的边关之夜，"陇上行人"吹起羌笛，自然会有人听到悠扬的笛声。骑在马背上的"关西老将"，勒马倾听，老泪横流，不胜悲愁。"老将"之"老"，也意味着离乡之久和边关岁月的漫长，以及这漫长的战事和岁月中出生入死、流血捐躯的将士。

"关西老将"的泪水不只是因为思乡的哀伤，还有功高却得不到封赏的悲愤。最后四句，为"关西老将"鸣不平。"身经"两句，以"麾下偏裨"作对比。"偏裨"是指偏将、裨将，偏将是低等级的杂号将军，裨将是副将。经历了大大小小上百次战斗，麾下的偏将、裨将如今都成了万户侯，但"关西老将"却仍然守在边关。"苏武"两句，以汉代的苏武作对比。苏武被匈奴扣留十九年，尽忠报效，不辱君命，回到长安后却没能得到封侯之赏，仅仅做了个掌管藩属国事务的典属国。要知道他在北海边持节牧羊，年复一年，以致旌节上所缀的牦牛尾饰物全都落尽。以"麾下偏裨"作对比，意在谴责朝廷的不公平，以苏武作对比，更说明了朝廷不公，自古如此。

回头再看全诗，"长安少年""陇上行人"和"关西老将"，处处构成对比和映衬。可以把他们看作是三个人，也可以把他们看作是边塞将士的三大类，甚至可以看作是边关征人的三个人生阶段。"关西老将"曾经就是"长安少年"和"陇上行人"，"长安少年"的将来——如果他能百战不死的话，也可能就是吹奏羌笛的"陇上行人"和马背落泪的"关西老将"。立意构思的巧妙，丰富了诗的层次内涵，也给读者提供了多角度的想象空间。

王维边塞诗中，篇幅最长的一首叫《老将行》，也是写老将军的，内容与《陇头吟》有些相似。这位老将军，少年时代就是英雄好汉，"少年十五二十时，步行夺得胡马骑"。他身经百战，勇不可当，"一身转战三千里，一剑曾当百万师"。最终却因为沙场上运气不好，出师不利，被朝廷弃之不用，连生活都没了着落，"路旁时卖故侯瓜，门前学种先生柳"。但他壮心不已，当边塞烽火再起之时，仍然渴望着杀敌立功，"莫嫌旧日云中守，犹堪一战取功勋"。

大体而言，王维的边塞诗创作于两个时期。一个是青年时期，他以边塞诗抒发驰骋疆场的英雄豪气，寄托建功立业的雄心抱负。他在《少年行四首》中所写的少年豪杰，可以说是盛唐时代少年人的理想化形象，充满浪漫主义、英雄主义的色彩。一个是凉州军旅时期，前后只有一年左右，对边关征人生活的切身体验，让他的边塞诗有了真实的感触和描述。不过，就在这一年左右的时间，他的边塞诗发生了明显变化。从诗的内容及其心境意绪来看，《使至塞上》和《塞上作》当作于初到边塞之时，《陇西行》写作时间稍晚，《陇头吟》和《老将行》写作时间更晚，两首诗的主题都是在为遭遇不公的老将抒发不平。

那么，为什么王维在诗中反复突出这样一个主题？想来有两个基本原因。第一，王维出使凉州，而且留下来做节度判官，出入高级军官之间，对军队中奖赏不公的问题有了深刻了解。第二，如果说朝廷官员和地方官员，往往因为弄虚作假而良莠难分，而军队将帅以战功大小来封赏，自当是大功大赏，小功小赏，否则就是赤裸裸的不公平。这种赤裸裸的不公平，激发了王维借此发挥，讥讽朝廷的奖赏不公，用人不公。

开元二十六年（738 年）的秋天，河西节度使崔希逸改任河南尹，成了东都洛阳所在州的行政长官。王维做河西节度判官是他聘请的，他一离开河西，王维也就回到了长安。

远赴岭南

○ 江流天地外

　　开元二十六年秋，王维回到长安，仍然在御史台下属的察院担任监察御史。唐代御史台相当于今天的纪检委，其下设有台院、殿院和察院，分别由侍御史、殿中侍御史和监察御史任职。两年后，王维从察院的监察御史转到殿院的殿中侍御史，品级略有提升，从正八品下升为从七品下。这时王维已经四十岁了，在官场上晋升并不算快。但能有所晋升，而且是在有实权的御史台殿院任职，至少说明仕途比较平稳。

　　开元二十八年（740年）冬，王维作为选补使被派往岭南。选补使也叫南选使，只因朝廷担心岭南、黔州等偏远地区的官员多有不能胜任者，所以派遣选补使，到当地选拔递补官员，上报朝廷。岭南是开元年间十五道之一，治所位于广州，但王维去的是桂州，也就是今天的桂林。长安到桂林路途漫长，却也是机会难得。盛唐诗人喜欢遨游天下，但王维九岁丧父，十五岁就作为长子独闯京城，寻求功名，其后多年除了贬官济州，隐居淇上，出使凉州，活动中心就一直在长安和洛阳。此行前往岭南，穿越千山万水，在长途奔波之余，也可以访僧问禅，饱览山水，激发诗情画意。曾经在出使凉州途中写下"大漠孤烟直，长河落日圆"的王维，这次一路南下，又将写下什么样的佳作妙句呢？

王维从长安出发，经武关、南阳，到达襄阳。唐玄宗把天下分作十五道，襄阳是山南道治所，是个重要城市。襄阳南靠岘山，北临汉江。汉江又称汉水，是长江最长的支流，发源于秦岭南麓，自西北向东南，奔腾三千余里，到汉口汇入长江。因襄阳雄踞于汉江中游，坐落在长江流域和黄河流域之间的交通要道上，从南方北上的唐人途经此地就觉得快到长安、洛阳了，从京洛南下的唐人途经此地又觉得进入荆楚大地，南国也好像并不遥远了。初唐诗人宋之问从岭南逃归故乡洛阳，乘船于襄阳附近的汉江时，留下一首小绝句《渡汉江》："岭外音书断，经冬复历春。近乡情更怯，不敢问来人。"

王维从长安前往岭南，在汉江上乘船经过襄阳，写下五言律诗《汉江临泛》：

楚塞三湘接，荆门九派通。

江流天地外，山色有无中。

郡邑浮前浦，波澜动远空。

襄阳好风日，留醉与山翁。

读这首诗时，你很可能会想到水墨画。"水墨"二字，最早就见于王维的论画之作《山水诀》。此文一开头，他就说："夫画道之中，水墨最为上。"王维的《山水诀》和《山水论》谈的都是画水墨山水的诀窍，《汉江临泛》一诗，恰好也用到了其中一些奥妙。王维，字摩诘，苏东坡说："味摩诘之诗，诗中有画；观摩诘之画，画中有诗。"现在，我们就结合王维的画论，来欣赏《汉江临泛》的"诗中有画"。在欣赏过程中你会发现，王维不但妙用了绘画艺术的诀窍，还把绘画艺术所不能替代的语言艺术发挥到了极致。

首联两句写形胜，也是写想象中的千里山水。"楚塞"指襄阳一带，春秋战国时期，这里曾经是楚国北部边塞。"三湘"所指有各种说法，一般是说，湘水合漓水为漓湘，合蒸水为蒸湘，合潇水为潇湘，总称三湘。"荆门"指荆门山，此山与对岸虎牙山隔江对峙，好像长江出峡后进入江汉平原的大门，被看作是楚国的西部边塞。"九派"泛指长江流经今湖北、江西的众多支流。长江出峡后水域开阔，古人认为长江一过荆门山，就进入荆楚大地，流到九江就分作九道支流。无论是三湘之水，还是长江的九道支流，都与汇入长江的汉水连接相通，所以诗人以工整的对偶句，把千里山水收入笔端，"楚塞三湘接，荆门九派通"。这是在赞美襄阳的形胜，仅仅十个字，高度概括，极尽诗歌语言的简洁、传神、对偶之妙。从水墨画的角度来看，"楚塞"两句的画意也是可以表现的。王维在《山水诀》中说："或咫尺之图，写千里之景。东西南北，宛尔目前；春夏秋冬，生于笔下。"传统水墨画擅长写意，以散点透视为特征，完全可以把不同时间、不同空间的风景表现在同一个画面上。作为大画家的王维，下笔写下"楚塞"两句时，心里也有一幅千里山水画卷吧！

颔联两句是远望之景："江流天地外，山色有无中。"这不就是一幅水墨画吗？水墨画以墨作画，墨即是色，墨的浓淡变化就是色的层次变化。越是远景，越是迷迷蒙蒙，隐隐约约，越像水墨画。王维《山水诀》说"远岫与云容交接"，《山水论》说"远山无石，隐隐如眉"，说的都是画"远山"的技巧。在水墨画里，远处的山峦或与云色交融，或隐隐若现，细细如眉，这不正是"山色有无中"吗？王维也说到画"远水"的技巧，《山水诀》说"遥天共水色交光"，《山水论》说"远水无波，高与云齐"，强调的都是水天相接，天水一色。但绘画与写诗毕竟有所不同，"江流天地外"的意境，就很难以绘画来表现。且不说画面怎么处理，以普通常识而言，天地包囊万物，汉水怎么可能流到天地之外？但诗人在这里不但在写视觉，而且在突出感觉——远方水天相接，天地都似乎到了尽头，但这浩浩汤汤的汉江之水汹涌奔腾、不可阻挡，好像已冲到了天地之外。

　　颈联两句写从船上看风景，写出了另一番奇妙，"郡邑浮前浦，波澜动远空"。"郡邑"指汉江两岸的城郭，"前浦"指前方的江边。两句的意思是，城郭漂浮在前方的江边，汹涌的波涛晃动了远处的天空。这首诗叫《汉江临泛》，诗人泛舟江水之上，船只随着浪涛起伏不定，举目朝前望去，不正是一幅动感的画面吗？这种在特定情形下带着错觉、幻觉的动感画面，是传统水墨画难以表现的，所以王维也不可能在他的绘画理论中说出来，但他的诗句可以做到。

　　前边六句几乎都是写山水，大气雄浑。最后两句轻松收笔。"山翁"指山简，西晋时期镇守襄阳的将军。其父是"竹林七贤"之一的山涛，他自己也有些名士风流，纵酒为乐，每饮必醉。诗人说自己"留醉与山翁"，却是醉翁之意不在酒，醉在"襄阳好风日"。这么好的风景，这么好的天气，但愿与山翁这样的人物留在此地痛饮美酒。

　　这是一首典型的盛唐之作，景象宏大，气势雄浑，格调昂扬，神韵天成。奉命出使岭南的王维，正沿着汉江顺流而下，意气风发地奔向遥远的南国。如果从王维的行程来看这首诗，更能感受到他的兴奋与喜悦。首联两句点出"三湘"和"九派"，其实也意味着此行的前方。顺汉江而下就会到长江沿岸，从湘江南行就会到达目的地桂州。唐人由湘入桂，有水路，也有陆路，大多时候是沿湘江入漓江，到桂林。颔联两句中有迷离朦胧，颈联两句里有波涛汹涌，给人的感觉却是心情酣畅，断无迷茫、失落和惧怕之意。尾联两句吐露了对襄阳风光的喜爱，却没有留下不走的意思。他的"留醉"是留下一醉，痛快一番，并非长留此地，长醉不醒。诗人眷恋着襄阳的美景，更向往着遥远的南国。

可惜的是王维在随后的南行途中，留下的诗作并不多。尤其是从湘江到桂州，竟好像没有一首诗流传下来。那首到处传唱的名作《相思》歌咏的是南国红豆，倒是很可能作于南行途中，甚至就作于岭南。王维一生中来南国只此一次。红豆生长在南国，常见于岭南地区。

> 红豆生南国，春来发几枝？
> 愿君多采撷，此物最相思。

《相思》诗借咏物而写相思。红豆俗称相思子。传说汉代时闽越国有一男子被强逼入伍出征，一去无归，其妻每天站在村子前边的树下等待，最后泣血而死。树上忽然长出鲜红如血的豆子，好像是其妻的血泪凝结而成，所以称作"相思子"。诗人巧妙地利用了红豆的俗称及感人故事的特点，以"红豆"二字开头，以"相思"二字结尾，从"红豆"写"相思"，化抽象为具象，以小见大，举重若轻，有文人诗的委婉含蓄，又有民歌的质朴明快，语浅情深，因此被谱曲传唱，家喻户晓。其实大多数中国人从未见过红豆，就因为《相思》诗，红豆变成了相思的象征，爱情的象征。曹雪芹的《红楼梦》中，一曲"红豆词"让无数男女为之泪下，"滴不尽相思血泪抛红豆"。

这首小诗又题作《江上赠李龟年》。据《云溪友议》记载，安史之乱爆发后，备受唐玄宗喜爱的宫廷乐师李龟年漂泊到江南。有一天他在筵席上演唱这首诗，满座之人无不遥望玄宗当时的避难之地蜀中，哀伤不已。李龟年是李鹤年的兄长，是天宝年间的著名音乐家，杜甫流落江南时与他相遇，写下《江南逢李龟年》。想来是因为《云溪友议》所记载的故事以及杜甫的《江南逢李龟年》，才有后人附会出一个《江上赠李龟年》的诗题。但李龟年演唱王维的《相思》诗，并以此寄托故国之思，却是颇有可能的。

从唐代流传的故事可以确知，当时有不少绝句经乐工谱曲而广为传唱。天宝年间，著名音乐家李龟年、李彭年、李鹤年兄弟，他们都曾经为王维的绝句谱曲演唱。李龟年还演唱过王维的《伊州歌》："清风明月苦相思，荡子从戎十载余。征人去日殷勤嘱，归雁来时数附书。"可以想见，由李家三兄弟谱曲演唱且能见诸记载的毕竟有限，王维肯定还有更多写送别和相思的绝句，在当时被更多的乐工和歌妓所传唱。

斯人已逝

—○ 借问襄阳老

开元二十八年（740 年），王维在前往岭南、途经襄阳的时候，还写下一首五言小诗《哭孟浩然》："故人不可见，汉水日东流。借问襄阳老，江山空蔡州。"襄阳是孟浩然的家乡，也是孟浩然的隐居之地。他比李白、王维和王昌龄年长十多岁，成名也早，备受这几个大诗人的钦敬，李白就很热烈地说："吾爱孟夫子，风流天下闻。"

孟浩然流传最广的名作是五言律诗《过故人庄》，现代诗人闻一多对这首诗的评价极是恰当："淡到看不见诗。"许多人一想到诗歌，往往想到的是燃烧的激情、大胆的想象、新颖的语言，闻一多的诗就很符合这些特点，但他对孟浩然推崇备至，尤其是这首《过故人庄》。诗的开头就像大白话："故人具鸡黍，邀我至田家。"老朋友备好了丰盛的饭菜，邀请诗人前去。诗人则召之即来，到了乡下田家。颔联两句"绿树村边合，青山郭外斜"，写的是再寻常不过的乡村风景，但也很难找到比这更贴切传神的描述，景象如在眼前。颈联两句"开轩面场圃，把酒话桑麻"，也是再寻常不过了。推开窗户，面对的是打谷场和菜园子，举起酒杯，说的都是农事。尾联点出了"重阳节"，诗人在这样重要的一个节日与老朋友相聚，况且又是一个饮酒、登高的节日，免不了要举杯畅饮、登临赋诗、逸兴遄飞吧，但他偏要写得这般淡而又淡，最后两句仍然是波澜不惊，"待到重阳日，还来就菊花"。头两句写朋友邀请，召之即来。末两句作别朋友，不待邀约，自己就说重阳再来。回头再看全诗，叙事和写景，乡下生活和诗人心情，以及主客之间的和谐无间，全都很自然地化为一片。虽然是一首严谨的格律诗，却让人感觉不出任何格律的束缚，而且让人简直忘记这是在读一首诗。正因为淡得要看不见了，才让人忍不住要品味其中的深致和奥妙。

生活中的孟浩然，当然不全是这首诗里这样心平气静，怡然自在。有时候他像王维，隐居田园，淡泊宁静，有时候又有些像李白，任性率意，嗜酒狂放。读他的《秋登兰山寄张五》，很容易让人想到王维。

> 北山白云里，隐者自怡悦。
>
> 相望试登高，心随雁飞灭。
>
> 愁因薄暮起，兴是清秋发。
>
> 时见归村人，沙行渡头歇。
>
> 天边树若荠，江畔洲如月。
>
> 何当载酒来，共醉重阳节。

除了最后两句中的"酒"和"醉"，跟王维的诗几乎没什么区别了。但读他的《自洛之越》，又让人觉得很像李白的性情和口吻。

> 遑遑三十载，书剑两无成。
>
> 山水寻吴越，风尘厌洛京。
>
> 扁舟泛湖海，长揖谢公卿。
>
> 且乐杯中物，谁论世上名。

王士源与孟浩然属于同时代人，而且是湖北同乡，他在《孟浩然集》的序文中描述说："浩然文不为仕，伫兴而作，故或迟；行不为饰，动以求真，故以诞；游不为利，期以放性，故常贫。"大意是说，孟浩然写文章不是为做官，有了情致他才会写，所以下笔不一定那么快。做事情不粉饰，不虚伪，但求直率真诚，所以在俗人眼里就显得荒诞了。交朋友不是为了利益，图的是纵情随性，所以总过着清贫日子。

这样一个读书人显然是不适合在官场上生存的，但做官才能改变贫穷命运，奉养慈母，实现理想抱负。三十岁时他向京城做官的朋友感叹说，我这些年昼夜苦读，自强不息，诗文辞章已写得很精工了。如今到了三十岁，已是而立之年，只可叹时运不济。眼看着慈母一天天衰老，她的一喜一忧都让我牵肠挂肚。奉养慈母的美味总是缺这少那，简陋的食器到了傍晚就总是空的。最后他说"安能守固穷"——怎么能够心甘情愿固守困穷呢？

可是，又过了十来年，孟浩然依然没得到过什么官职。或许像李白一样，他相信自己只要名满天下就有可能得到朝廷任用，甚至等来天子的诏书了，他放弃了一次次科举大考。到了四十岁不惑之年，他才跑到京城谋求官职。这时的他已是大名鼎鼎的诗人，京城有不少名士对他都很仰慕。《新唐书》记载说，有一天王维私下把他邀请到翰林院，过了会儿唐玄宗来了。孟浩然赶快藏匿在床底下，王维却不敢向皇帝隐瞒，如实禀报。皇帝说："我早就听说孟浩然这个人了，只遗憾尚未见过他，为何要躲藏起来？"孟浩然从床下爬出来，皇帝问到他的诗，他就念了一首自己的诗。没想到诗中有一句"不才明主弃"，皇帝一听，就不高兴了，对孟浩然说："是你自己不来求仕，我却从未抛弃过你，你怎么能说是我抛弃了你呢？"结果，就把孟浩然打发回家了。

　　这个故事疑点颇多，很难当真。王维从未在翰林院供过职，玄宗也不可能突然跑到王维的办公室。可以大致确定的是孟浩然在四十岁时曾来京城宦游，第二年应考进士，结果落了榜。他在落榜之后打算漫游吴越，途经江夏（在今武汉市武昌区）时遇到诗人李白。两人短暂相聚又怅然分手，李白写下了《黄鹤楼送孟浩然之广陵》。几年后，孟浩然抱着最后的希望来到长安谋职。相传那位爱惜人才的韩朝宗，想把他推荐给朝廷，约他饮宴。他竟因为与老朋友饮酒正酣，错过了约定。

　　《新唐书》上不但提及这件事，还很肯定地说"浩然不悔也"，把孟浩然说得相当洒脱。其实，传说毕竟是传说，孟浩然第二次来京求官不成的落寞心情，早就写在自己的诗里了。他在离开长安前写了首《留别王维》："寂寂竟何待，朝朝空自归。欲寻芳草去，惜与故人违。当路谁相假，知音世所稀。只应守索寞，还掩故园扉。"离京在即，孟浩然只感到偌大一个长安，懂得珍惜他和他值得珍惜的，只有几个老朋友了。他已年近知命之年，从未做过官，以后能不能再来长安尚未可知，至于仕途就更是渺茫了。

　　王维赋诗送别，写下《送孟八浩然归襄阳》：

杜门不欲出，久与世情疏。
以此为长策，劝君归旧庐。
醉歌田舍酒，笑读古人书。

好是一生事，无劳献子虚。

　　王维当时闲居长安，此前几年或隐居，或学禅。所以他对孟浩然说："我关起门来不想涉足尘事，与人情世故已经隔离很久了。我劝你就把这个当作长策回乡隐居吧！出去串串门，喝喝田家的酒放声唱歌，没事儿就在家里读读古人的书会心一笑。好在一辈子轻松自在，再也不用苦苦费心、献赋求官了。"王维的这些话，看上去一点儿都没有勉励孟浩然留在长安继续奋斗的意思，但说的是朋友之间的真心话。孟浩然以五言诗作和隐士风流名满天下，但性情放达，不拘小节，并不适合做官，况且没能进士及第。此时的孟浩然正处在留在长安看不到希望、回乡隐居又不甘心的犹豫和痛苦之中，王维这样劝慰他，是希望他干脆放下心理包袱，走出犹豫和痛苦，安然自适地度过晚年生活。

　　如果看一看孟浩然在回襄阳途中所写的《南归阻雪》，就会发现王维是很了解他的，对他的劝慰话说得很恳切。王维的话并没有很快见效，孟浩然在回家的路上还是很痛苦。他说："我行滞宛许，日夕望京豫。旷野莽茫茫，乡山在何处。孤烟村际起，归雁天边去。积雪覆平皋，饥鹰捉寒兔。少年弄文墨，属意在章句。十上耻还家，徘徊守归路。"很快就要回到久别的故乡了，应该很开心吧，诗人却好像宁愿被风雪阻隔在路途上。因为他耻于回家，无颜见江东父老。旷野茫茫，乡山何处，孤烟四起，归雁远去，积雪覆盖，饥鹰掠飞，无不烘托他悲凉失落的心情。

从王、孟京城一别到此次王维途经襄阳，一晃之间，又是七八年过去了。王维本来期待着故友重逢之喜，但孟浩然恰在此前不久，因病去世。据唐人王士源《孟浩然集序》记载，开元二十八年，王昌龄与孟浩然在襄阳相聚，纵情宴饮，吃了海鲜，导致背上毒疮复发，不愈而卒。这一年，恰是王维途经襄阳的时间，王维应当是到了襄阳才得知孟浩然病逝的音讯。再来看他的《哭孟浩然》一诗：

故人不可见，汉水日东流。
借问襄阳老，江山空蔡州。

李白的《黄鹤楼送孟浩然之广陵》，也是以"故人"二字开头的，"故人西辞黄鹤楼，烟花三月下扬州。孤帆远影碧空尽，唯见长江天际流"。那时候的孟浩然四十岁出头，李白只有二十八岁，他们很可能再次相聚，但李白的送别已经是不胜惘然了。此时，王维站在汉江边上，怀念着已经离开人世的孟浩然，只想着这位老朋友是永远都见不到了，唯有汉水依旧，日夜东流。诗的前两句"故人不可见，汉水日东流"，表达的其实就是我们很多人失去亲友之后的感受：一个至亲的人消失了，天地万物却还是原来的样子。

诗的后两句接着写故人已去的哀伤，"借问襄阳老，江山空蔡州"。"襄阳老"指孟浩然，孟浩然生于襄阳，卒于襄阳，读书和隐居也在襄阳。很多诗人（包括李白、王昌龄和王维自己）来到襄阳都想与孟浩然一聚。"蔡州"在这里泛指孟浩然的家乡。孟浩然大半生居住在襄阳城南的涧南园，涧南园位于岘山脚下，蔡州在岘山东南。后两句是说，请问襄阳遗老今在何方？斯人已去，空有蔡州的江山一如往昔。

当年孟浩然与几个好友登临故乡的岘山，留下一首名作，叫作《与诸子登岘山》："人事有代谢，往来成古今。江山留胜迹，我辈复登临。水落鱼梁浅，天寒梦泽深。羊公碑尚在，读罢泪沾襟。"孟浩然凭吊羊公碑，肯定是想起了西晋名将羊祜登岘山时说过的话："自有宇宙，便有此山，由来贤者胜士登此远望如我与卿者多矣，皆湮灭无闻，使人伤悲。"王维写《哭孟浩然》，显然是又想到了孟浩然的《与诸子登岘山》，也就是说：羊祜登岘山，想起"由来贤者胜士登此远望"；孟浩然登岘山，想起羊祜当年的感慨；王维来到襄阳，又想起孟浩然登岘山留下的诗句。如《兰亭集序》所说："向之所欣，俯仰之间，已为陈迹。""后之视今，亦犹今之视昔。"王维写诗最喜欢用"空"字，《哭孟浩然》诗里的这个"空"，既有故人一去不复返的哀伤和寂寞，也有佛理禅机的解悟。

半仕半隐

南山高士

—○ 白云回望合

开元二十九年（741 年）春，王维从岭南回到长安。不久他就辞去官职，隐居终南山。从现有资料来看，他当时并未遭遇什么意外的打击，为什么会突然辞职隐居？

此时李林甫做宰相已有好几年，大权独揽，炙手可热，所以后人常把王维这次隐居的原因说成是对腐败朝政和龌龊官场的厌恶。虽说这种推测不无道理，却未必就是主要原因。后边我们将讲到王维和李林甫的关系是很微妙的。

在中国古代，仕与隐是常有的话题，读书人即使本人不被困扰，也会为此发出不少感慨。做官有种种区别，隐居也是各有不同，往往因时而异，因人而异。前边说过，王维的隐居至少就有三个特点：第一是忽官忽隐，有时做官，有时隐居。第二是半官半隐，王维不只是常常出入于朝堂和山野之间，即使身在朝堂，往往也是心在山野。第三是亦隐亦禅，隐居山野的日子，通常也是他礼佛修禅的日子。

741 年的王维已经年过四十了，官位不高，名气很大。他以诗扬名，又以书法和绘画著称。他的弟弟王缙在当时也大名鼎鼎，文采和书法广为人知，兄弟俩相得益彰，相映生辉。《旧唐书·王维传》记载，王维以诗名盛于开元、天宝年间，兄弟俩都在长安、洛阳做官，大凡是诸王、驸马、豪族、权贵之门，无不拂席恭迎，宁王、薛王对待他们如师如友。王维尤其擅长五言诗，书画尤其神妙，笔墨构思，功参造化。这段记载或许有所夸大，何况王维的书法和绘画今已失传，但仅从今天所能看到的诗作来看，王维在当时的名气就可以想见。如果说二十岁的王维是名声远扬的青年才子，那么四十岁的王维已是誉满天下的名士。唐代盛行隐逸之风，以名士的身份隐居，其实就是可进可退，进退自如。厌于官场是非，倦于案牍劳形，那就去山野放松放松，清静清静。从出世的一面看，除了归卧山林的高雅，还有礼佛修禅的虔诚。从入世的一面看，名士的隐居越发能增添身价，下了终南山，就可以进入朝堂。

此外，王维想隐居就隐居，跟他的经济条件也有很大关系。且不说他晚年做了高官，俸禄很高，即便中年时俸禄有限，王维的经济条件也应该相当不错。他是家中的长子，九岁丧父，十五岁独闯京城，年轻时的经济压力是很大的。但这时他的弟弟妹妹都早已自立，大弟王缙在仕途上比他还要顺利。他三十岁丧妻之后再未婚娶，而且没有子女，所以也没有拖家带口的辛苦。况且，以他在诗歌、书法和绘画的赫赫才名，以及他在王公贵族等上层社会的影响力，自然也会得到一些润笔费、谢礼之类的报酬。

王维隐居过的地方有好几处，但在隐居辋川别业之前，主要是在终南山。终南山位居秦岭山脉的中段，坐落在长安之南，"寿比南山"所说的南山，"终南捷径"所说的终南，都是指终南山。但很多人之所以对终南山有很深的印象，还是因为王维的几首诗。其中一首就题作《终南山》：

> 太乙近天都，连山接海隅。
>
> 白云回望合，青霭入看无。
>
> 分野中峰变，阴晴众壑殊。
>
> 欲投人处宿，隔水问樵夫。

这首五律，前六句都在写终南山的壮美，角度各有不同。首联从山下仰望，颔联从登山过程中领略，颈联从山上俯瞰。

首联说"太乙近天都，连山接海隅"。上句写山的高大，下句写山的广阔。"太乙"是终南山的别称，"天都"是传说中天帝的居所。站在山下，以人的渺小仰望大山，只觉得耸入云端的终南山接近天帝的居所，连绵起伏的群山延伸到海角天涯。

颔联说"白云回望合，青霭入看无"。看上去不过是写山中的白云和雾气罢了，怎么就写得这样生动！白云缭绕在山腰，人在其中，只见这儿一片，那儿几朵。等到上得山来，回首而望，白云都聚合在一起，汇成白茫茫的云海。山上白云消散了，却有青色的烟岚飘来飘去，远看是一团一团的，近看却什么都没有了。很多人登山都会碰到类似的现象，但很少有人去留意，王维这样一写，就成了播传人口的千古名句。他不但从最寻常的事物中挖掘出精警的诗意，而且以最简单的字眼提炼出奇妙的诗句。"回望合""入看无"，多传神，又多自然，两者相对，更令人叫绝！

颈联说"分野中峰变，阴晴众壑殊"。"分野"指分界，"中峰"指主峰，上句是说地域分野到了高高的终南山主峰就划分开来了。地域分野多是以高山大川来划分的，终南山位居秦岭山脉的中段，秦岭被视为中国地理的南北分界山脉。但诗人说的"分野中峰变"完全是夸张手法，突出的是终南山主峰的高大。"阴晴"指背阴和向阳。下句是说那众多的山谷或背阴或向阳，光线的变化各不相同。这两句尺幅千里，气魄雄大，下笔的角度也与众不同，以分野的划分突出主峰的高峻雄伟，以光线的变化展现千山万壑的幽深广阔。

末两句笔墨一转，"欲投人处宿，隔水问樵夫"。诗人说自己想投宿人家过夜，隔着溪流向樵夫询问。乍然一看，这最后两句与前边六句有些不太和谐，但越是玩味，越觉得有味。其一，如王夫之所说，有了这两句，"则山之辽廓荒远可知"。沈德潜也说："见山远而人寡也，非寻常写景可比。"茫茫大山之中，想找个投宿人家难，想找人打听也难。终于见到打柴的樵夫，他却远在溪流对岸。其二，古代山水画喜欢把人物点缀其中，营造意境氛围，清代画家王概称之为点景人物。王维是画家，深知其中妙处。他的《使至塞上》在"大漠孤烟直，长河落日圆"两句之后，末两句是"萧关逢候骑，都护在燕然"。《终南别业》在"行到水穷处，坐看云起时"两句之后，末两句是"偶然值林叟，谈笑无还期"。其三，"隔水问樵夫"自成一幅古意盎然、充满野趣的动态画面。与前六句相比，构成另一番情致。全诗在笔墨一转后旋即结束，余韵袅袅。

在宋人记载中，这首诗又题作《终南山行》。从诗的内容来说，题作《终南山》或《终南山行》，两者皆可。因为诗人是在写终南山，也在写终南山之行。表现这样的内容，如果写得太实，就很容易干巴巴地落入俗套。诗人以身临其境为实，以想象发挥为虚，巨笔如椽，又手法高超，写出了一个好像是半在人间半在世外的大山。明末清初的诗人徐增就说这首诗"如在开辟之初，笔有鸿蒙之气，奇观大观也"。

如果说这首诗是大笔挥洒，豪迈雄放，浑然没有时空的局限，让人在恍惚之间，好像回到了苍茫大山的远古岁月，那么另一首五律《山居即事》则完全是另一种写法。诗的场景画面有其特定的地点和时间，地点是隐居之所的柴门前以及望中之所见，时间是黄昏时分诗人要关闭柴门的一小会儿。请看这首诗：

> 寂寞掩柴扉，苍茫对落晖。
> 鹤巢松树遍，人访荜门稀。
> 绿竹含新粉，红莲落故衣。
> 渡头烟火起，处处采菱归。

诗以"寂寞"二字开头，作为隐居者的诗人并没有刻意掩饰内心的孤独。山野独居，况且又是黄昏之时，一天要过去了，诗人在寂寞中掩上柴门。此时夕阳西下，暮色苍茫，让他不由得望着晚霞斜照悄然伫立。首联两句，就是一幅由诗人自己、柴门和远处落日余晖构成的山野隐居图。

颔联以对比手法写对偶句，"鹤巢松树遍，人访荜门稀"。"巢"在这里是动词，栖息的意思。"荜门"是指荆竹编成的门，也就是柴门。上句说栖息的群鹤遍布在松树的周围，下句说柴门来访的人稀疏零落，你知道这是什么地方吗？这里是远离喧嚣的大自然，城里见不到的鹤到处都有，尘世熙熙攘攘的人却很少前来。诗人要的就是山居的幽深和宁谧，与世无争。

但这里并非枯木乱草、荒凉死寂之地。颈联接着写山居的静美，同时也写出了自然界的勃勃生机。竹子刚生长出来，竹节周围常有一层白粉，莲花开到特定的时刻，花瓣是一片一片坠落的。诗人隐居山野，心境恬淡，观察入微，由此提炼出拟人化的妙句："绿竹含新粉，红莲落故衣。"嫩绿的竹子含着薄薄的新粉，美丽的莲花一片片脱下旧衣。

　　而且这山居之地离田家不远，有田园牧歌之美，"渡头烟火起，处处采菱归"。夜幕降临，渡口处星星点点的渔火亮起来了，到处都有采菱人荡舟归来。诗写到这里，戛然而止，以"寂寞"二字开头的诗人，此时心情如何？随着色彩的亮丽，节奏的明快，其心情的变化就不言而喻了。

山水田园

○ 明月松间照

　　王维和孟浩然生前是诗友，身后齐名，并称"王孟"。山水田园诗派以王维、孟浩然为代表，因此也称"王孟诗派"。田园诗早在东晋陶渊明那里就极尽平淡自然之美，山水诗在南朝谢灵运、谢朓那里也不乏清辞丽句，到了盛唐，孟浩然、王维兼具两者之长。他们赶上了诗歌艺术形式的日趋完美，也赶上了富庶、强盛、和平的盛唐时代。在他们的诗中，即使有摆脱尘世之想，也总能让人感觉到那种盛唐时代特有的美丽、宁静、和谐。

　　古人评价王维的山水田园诗，常说到一个"淡"字。晚唐司空图说王维"澄淡"，北宋欧阳修说王维"淡泊"，南宋魏庆之说王维"闲淡"。"淡"在传统诗歌美学中是很高的评价，从这个角度谈王维和他的诗，还可以赞美他人品的淡泊，意境的淡远，风格的恬淡，语言的平淡。"淡"不是平淡寡味，而是绚烂之极，归于平淡。

如果只说这种平淡之美，至少有两个大诗人不在王维之下。一个是陶渊明，他的田园诗达到了平淡的极致，名篇《归园田居》是天籁之音。另一个是孟浩然，他的田园诗也写得炉火纯青，《过故人庄》"淡"到了看不见人工痕迹的地步。王维的一些诗，明显受到陶渊明的影响，也很可能受到孟浩然的启发。请看他的《渭川田家》：

> 斜阳照墟落，穷巷牛羊归。
> 野老念牧童，倚杖候荆扉。
> 雉雊麦苗秀，蚕眠桑叶稀。
> 田夫荷锄至，相见语依依。
> 即此羡闲逸，怅然吟式微。

前四句中有两幅田园画面。一幅是牛羊暮归图，"斜阳照墟落，穷巷牛羊归"。夕阳的余晖遍洒在村庄，小巷深处，牛羊纷纷回来了。一幅是野老倚杖图，"野老念牧童，倚杖候荆扉"。村野老人惦念放牧的孙子，拄着拐杖，守候在自家的柴门。两幅画面似断实连，其中有温馨的亲情，因为野老牵挂的孙子正是赶着牛羊回来的牧童。随后四句，接连写到"雉""麦""蚕""桑""田夫"，也是似断实连。"雉雊"指野鸡鸣叫，"麦苗秀"指麦子抽穗。"蚕眠"是说蚕体蜕皮前停止采食，不食不动，就像在桑叶上入睡了。"雉雊"两句的大意是，野鸡在麦地鸣叫，麦子抽穗了，春蚕进入睡眠状态，不吃东西，桑叶稀少也没关系了。诗人写的是很普通的农事，却透露出农人的安心、满足和喜悦。因为这些农事就是他们生活中的大事啊！有了这两句，"田夫荷锄至，相见语依依"两句就更有味儿了，他们扛着锄头回到村子里，彼此见了面就有许多话说，没完没了，依依不舍。

以上八句，平淡自然之极，却又意蕴隽永，是不是很像陶渊明的诗？但王维毕竟不是躬耕田园、种豆南山下的陶渊明，他只是过路人和旁观者。诗的末两句就不像陶渊明所写了，"即此羡闲逸，怅然吟式微"。诗人说，农夫们这样安闲舒适，让人怎能不羡慕，我不由得怅然吟起《式微》那首诗。《式微》是《诗经》里的一篇，反复唱叹："式微，式微，胡不归？"诗人借以表达渴望归隐的愿望。

像孟浩然一样，王维更多的诗是山水田园诗，而不是纯粹的田园诗。陶渊明是田园诗的鼻祖，那时候还不流行写山水。他虽然长年居住在距离庐山不远的地方，却只是"悠然望南山"。王、孟就不一样了，在他们所处的盛唐时代，从南朝谢灵运、谢朓等发展而来的山水诗已经蔚为大观。田园诗叙述的是田园生活，推重的是返璞归真，尤为崇尚平淡自然的风格。山水诗描绘的是自然风景，欣赏的是山水之美，偏好清词丽句。王、孟既受陶渊明田园诗的熏陶，也受谢灵运、谢朓等人山水诗的影响，既有平淡自然之美，又有清词丽句之美。提倡"清词丽句必为邻"的杜甫，就很欣赏孟浩然的清新，王维的秀雅。他赞美孟浩然"清诗句句尽堪传"，赞美王维"最传秀句寰区满"，这一"清"一"秀"，都是很高的评价。

　　王维的《积雨辋川庄作》也是写田园生活的，但与《渭川田家》相比，在平淡中多了份秀雅，也多了份佛理禅趣。为《王右丞集》作笺注的赵殿成对这首诗尤为欣赏，他说"淡雅幽寂，莫过右丞《积雨》"，甚至把这首诗推为唐诗七律的压卷之作。

> 积雨空林烟火迟，蒸藜炊黍饷东菑。
> 漠漠水田飞白鹭，阴阴夏木啭黄鹂。
> 山中习静观朝槿，松下清斋折露葵。
> 野老与人争席罢，海鸥何事更相疑。

　　首联写农家生活，"积雨空林烟火迟，蒸藜炊黍饷东菑"。"积雨"指久雨，"空林"指疏林。这是阴雨连绵的时节，空疏的林子找不到干柴，连农家做饭的烟火也旺不起来了，所以诗人说"烟火迟"。"迟"字很传神，让人似乎看到了缓缓上升，仿佛还带着湿气的炊烟。"藜"是一种生长于田间路旁的野菜，嫩叶可食。"黍"是黍米，在唐代属于主食之一。"饷"是给在田间劳作的人送饭，"东菑"指东边的农田。因为时代的变化，我们对这些词汇以及由此构成的生活场景不免有些陌生，但在古代社会是妇孺皆知的。至少在几千年的历史上，这些都是乡下人日常生活中最常见的场景——男人在田间劳作，女人在家中做饭，当女人把饭菜送到田头的时刻，也就是男人吃饭休息的时刻。诗人抓住这个时刻，以此表现田家生活的辛劳、自在和惬意。

颔联写田野景象，"漠漠水田飞白鹭，阴阴夏木啭黄鹂"。"白鹭"翻飞很美，"黄鹂"鸣啭很动听，却都是田野里很寻常的景象，从前没有人把它们巧妙地放在对偶句中。诗人以"啭黄鹂"对"飞白鹭"，一个嫩黄，一个雪白，一个是诉诸听觉的婉转动听，一个是诉诸视觉的鼓翼而飞，两者相映生辉，更加美丽。"水田"和"夏木"更是随处可见的，乡下除了田野就是树林，妙在诗人以"漠漠"和"阴阴"两个叠字来描述。"漠漠水田"是说广阔的、迷蒙的、寂静的水田，"阴阴夏木"是说深邃的、幽暗的林子。诗题叫作《积雨辋川庄作》，因为是"积雨"天气，"水田"越发显得波平如镜，"夏木"越发显得阴湿幽深。两句之中，有视觉、听觉、感觉，有画面美、辞采美、音韵美。杜甫漂泊在成都时，写下"两个黄鹂鸣翠柳，一行白鹭上青天"的妙句，有可能就是受到这两句的启发。

中唐人李肇认为"漠漠"两句是从李嘉祐那里拿来的，因为《李嘉祐集》中有"水田飞白鹭，夏木啭黄鹂"的诗句。明代人胡应麟反驳说，王维是盛唐人，李嘉祐是中唐人，怎么可能前人把后人的诗句偷走了？分明是嘉祐用了王维的诗句。虽说胡应麟的话也不是很确切——因为李嘉祐和王维大致是同时期人，只不过稍晚一下，但从时间来看，再从情理而言，李嘉祐用王维诗句的可能性要大得多。李嘉祐的年龄当与杜甫接近，杜甫赞美王维"最传秀句寰区满"，这"漠漠"两句很可能就是当时播传人口的"秀句"。作为后生晚辈的李嘉祐把时人皆知的王维"秀句"掐去两个叠字放在自己诗中，与其说是袭用、盗用，不如说是引用、借用。只是他也许没有意识到，掐去了"漠漠"和"阴阴"两个叠字，诗意就失色了许多。

颔联虽是写景，却以生动的笔墨，为全诗带来了活泼的气息，让首联两句的农家生活有了美丽祥和的背景，也让颈联两句的禅修生活有了轻松自然的氛围。诗人独处山中，精心禅修，恬淡寡欲，"山中习静观朝槿，松下清斋折露葵"。"习静"的意思是习养静寂的心性，也就是过幽静的生活。"朝槿"是说早晨的朱槿花。"清斋"是指佛徒的吃素，吃长斋。"露葵"是说带露的葵菜。朱槿花朝开暮落，古人常常因此想到人生的短暂易逝。露水只有片刻的存在，阳光一晒就消失不见了。诗人着重写"观朝槿""折露葵"，所暗示的正是对虚幻人生的禅意感悟。

　　尾联用了两个典故，"野老与人争席罢，海鸥何事更相疑"。"争席"的典故出自《庄子·杂篇·寓言》：杨朱要跟老子学道，路途上旅舍主人迎接他，客人纷纷避席让座。等他学成归来，客人们就都不让座了，跟他争座位。故事以此说明杨朱已得自然之道，与人们融洽无间，不拘礼节。"海鸥"的典故出自《列子·黄帝》：海上有人与鸥鸟亲近，互不猜忌。有一天，父亲要他把海鸥捉回家来玩。次日他又到海边，海鸥就飞在空中不下来了。诗人巧用典故，表明自己生活在乡间，远离红尘闹市，了无机心，恬然自得。诗人说，作为一个村野老人，我与当地农夫已经不分彼此，没有隔阂，海鸥又会因为什么事再对我猜疑呢？

　　这首诗第一句就写到人间的"烟火"，第二句是农家最常见的场景，颔联所写的是田野里常有的风景，颈联所写也是不失真实的禅修生活，但给人的感觉是超乎尘世之外。清代有位"寄情山水，混迹鱼樵"的才子，名叫周珽。他说这首诗"全从真景真趣摹写，灵机秀色，读之如在镜中游"。

　　在山水田园诗的创作上，王维和孟浩然都取得了很高成就。但两人相比而言，王维还是更胜一筹。其一，王维是诗人，也是画家和音乐家，他有意识并很出色地把绘画艺术的视觉和音乐艺术的听觉，融入诗歌艺术之中。其二，王维信仰禅宗，他以禅思禅悟创造出澄澈空灵的艺术世界。关于第二点，后边还有不少王维的名作可以欣赏。关于第一点，我们来看王维的

《山居秋暝》。

> 空山新雨后，天气晚来秋。
>
> 明月松间照，清泉石上流。
>
> 竹喧归浣女，莲动下渔舟。
>
> 随意春芳歇，王孙自可留。

这首诗从头到尾都让人感觉到明朗的色彩，愉悦的心情。诗一开始就流露出诗人的快意："空山新雨后，天气晚来秋。"空旷的山野下了一场新雨，在这雨后的傍晚，天气凉爽下来了，好一个宜人的秋天。诗人特意把"秋"字放在最后，似乎不只是突出秋天的凉爽，还有终于等来秋凉的欢喜。

颔联是千古名句，妙不可言，又大巧若拙。上句"明月松间照"，文字浅白，所写也是寻常景象，但能以强烈的美感诱使人走进月下的松林，皓月当空下，月色透过松林枝叶间的空隙洒下来，在空中和地面，一缕缕、一片片的银光与树身树影构成强烈的明暗对比。下句"清泉石上流"，好像更浅白更寻常了。山间的泉水，从石头上流过，这有什么呢？但诗人就以这看似简单的诗句，诱使你想到画面、色彩和声音。月下的泉水清冽如酒，清泉下的石头明晰可辨，一一可数，泉水激石，泠泠作响。两句放在一起来品味，更能感觉出诗人把月与松、泉与石搭配在一起的匠心，由此也再一次领略到诗人作为画家和音乐家，是多么善于捕捉微妙的视觉和听觉。

颈联也是名句，"竹喧归浣女，莲动下渔舟"。竹林里传来笑语喧哗，那是洗衣的女子归来了，荷叶丛中一阵摇曳摆动，那是打鱼的小船过来了。诗人写"归浣女"，先写"竹喧"，写"下渔舟"，再写"莲动"，两句不过十个字，信手拈来一般就是四个动词，四个画面。从语序上说，上句两个画面和下句两个画面都是倒装的，给人的感觉却是递进的，构成画面的连续性，诱导着我们的听觉、视觉和感觉，牵引着我们的想象。

颔联写山水风景之美，颈联写田园生活之美，同时也寄托了诗人的情趣和理想。明月、清泉、松、竹、莲，都是纯洁、高尚、美好的象征。这何尝不是诗人心目中的桃花源啊！正因为如此，尾联两句以抒情口吻说："随意春芳歇，王孙自可留。"虽是用典，却是反其意而用之。《招隐士》是西汉人留下的一篇骚体辞赋，极写山中隐居的荒凉、艰险、可怕，最后两句说："王孙兮归来，山中兮不可久留！"王维把山中隐居写得这样美丽、淳朴、惬意，最后两句表达的心愿也就与《招隐士》全然不同了。他说春天的花草就听凭它消歇吧！王孙留居在这秋天的山野又有何妨。

从现有的王维诗文中，看不到他的诗歌主张，也无从得知他是怎样创作的。一方面，看他把诗写得这样炉火纯青，臻于完美，让人不能不相信王维的创作必是呕心沥血，千锤百炼。另一方面，看他写得自然之极，简直是毫不费力，信手拈来，如沈德潜所说"每从不着力处得之"，又让人觉得他大概是灵犀忽开一下，坐禅顿悟一下，就能妙笔生花。细加推想，王维的大本事正在于千锤百炼却又全无雕饰，浑然天成，这就是巧夺造化吧！

朝堂名士

——○

阁道回看上苑花

742 年，隐居终南山不到一年的王维再次回到长安，升任左补阙。左补阙隶属门下省，品阶是从七品上，与地方上县令的级别差不多，但实际地位要比县令高出不少。左补阙的主要职责是讽谏规劝皇帝，其次就是把臣子们密封的奏章呈给皇帝，因此能常常出入皇帝左右，参加朝堂上的政务活动。

这一年是唐玄宗天宝元年，之前是长达三十年的开元盛世。一般认为，唐玄宗之所以把开元年号改作天宝，是因为他认定自己可以放心地做太平天子了。早在开元后期，玄宗就已经开始懈怠朝政，贪图享乐，越来越宠信宦官和佞臣，到了天宝初年，从前那个从谏如流、知人善任的英明天子，全然变成了陶醉在歌功颂德声中的享乐皇帝。在这种情形下，王维如果要做一个称职的以规劝皇帝为职责的左补阙，其中的难度和尴尬就可想而知了。他本来就不是一个勇于直言的铮铮之臣，何况唐玄宗对他这个名声远扬的诗人，只怕也少不了歌功颂德的期许。

唐代诗歌繁荣，帝王们也大都喜欢写诗，尤其是太宗和玄宗。皇帝诗兴大发，臣子们免不了要唱和凑兴，于是就产生了许多应皇帝之命所作、所和的应制诗。这类诗注定是要取悦皇帝的，几乎都是歌功颂德的内容，王维也很难例外。就在天宝元年，王维写有一首题作《三月三日曲江侍宴应制》的应制诗：

> 万乘亲斋祭，千官喜豫游。
>
> 奉迎从上苑，被禊向中流。
>
> 草树连容卫，山河对冕旒。
>
> 画旗摇浦溆，春服满汀洲。
>
> 仙籞龙媒下，神皋凤跸留。
>
> 从今亿万岁，天宝纪春秋。

三月三日上巳日，在唐代是一个非常隆重的节日。这一天有各种传统活动，祭祀神灵，除凶去垢，临水宴饮，游春踏青。长安的上巳日尤为盛大，通常在曲江举行祭祀仪式，节日期间天子将会亲临，君臣共乐，全民同欢。王维的这首诗，用了许多与神圣皇权有关的词汇，譬如"容卫""冕旒""画旗""仙籞""神皋""凤跸"等，这里就不一一解释了。诗的大意是说，万乘之君亲自来斋戒祭祀，文武百官跟随着同来游乐，在皇家园林恭迎天帝的降临，到曲江水中举行祭礼。宫廷的仪仗与树木花草连成一片，天子戴着皇冠面对着大地山河。曲江边画旗招展，水中小洲上到处是穿着春装的游人。御马厩的骏马龙媒走进竹篱圈起的禁地，天子的车驾停留在这块神明聚集的地方。从今往后千年万年，人间的岁月都以天宝年号记载春秋。

这首诗毫无灵气可言，怎么看也不像是王维写的。不是王维江郎才尽了，而是迎合皇帝口味的应制诗太难写了！应制诗多与游宴和节庆有关，当其诞生之时，往往伴随着热烈的歌舞、隆重的仪式、盛大的场面、神圣的内容，但时过境迁，也就烟消云散、销声匿迹了。在两千多年的古代中国，应制诗多到可以车载斗量，但写得好的寥若晨星。要说其中最有名的一首，还是王维写的。

王维的这首诗是唯一一首被蘅塘退士选入《唐诗三百首》的应制诗。诗题受限于应制诗常见的格式，题作《奉和圣制从蓬莱向兴庆阁道中留春雨中春望之作应制》。不但有些啰唆，"制"字和"春"字都重复了。应制诗要标明"应制"二字，如果是与皇帝唱和，还要标明"奉和圣制"。"圣制"是圣人所作，也就是皇帝的作品。玄宗原作是《从蓬莱向兴庆阁道中留春雨中春望》，王维奉和，在自己的诗题中一字不能拉下。"蓬莱"指大明宫，唐高宗时曾经改名蓬莱宫。"兴庆"指兴庆宫，原是玄宗做藩王时的府邸，玄宗登基后进行了大规模扩建。唐王朝有三大宫殿群，除了太极宫，另外两个就是大明宫和兴庆宫。"阁道"建于开元后期，是宫殿间的秘密通道，从大明宫一直通到曲江芙蓉苑，中间经过兴庆宫。阁道两边筑有高墙，高墙连接着一个一个的阁楼，阁楼之间建有上下两层的复道，形同天桥。玄宗经由阁道，既可以游览他的宫殿，也可以举目望远。"留春"的意思是游春。天宝初年一个下雨的春日，玄宗沿着阁道从大明宫到兴庆宫，途中游春远眺，寄兴赋诗，命臣僚奉和。现在，玄宗的原作早就荡然无存了，王维的这首却流传至今。

渭水自萦秦塞曲，黄山旧绕汉宫斜。

銮舆迥出千门柳，阁道回看上苑花。

云里帝城双凤阙，雨中春树万人家。

为乘阳气行时令，不是宸游玩物华。

既然是应皇帝之命而作的奉和诗，诗的内容就不能远离皇帝的原作。唐玄宗的原作已经看不到了，但大致内容从他的诗题"从蓬莱向兴庆阁道中留春雨中春望"即可知道大概。王维的诗既要与皇帝唱和，还要写皇帝春游，于是少不了"銮舆""阁道""上苑""帝城"和"宸游"之类的词汇。但诗人巧妙地利用阁道登高望远的特点，把视野从宫中荡开去，让格局狭窄且流于肉麻吹捧的应制诗平添几分大气。

首联两句就是借阁道上的登高望远，把"渭水""秦塞"和"黄山"拉入笔端，"渭水自萦秦塞曲，黄山旧绕汉宫斜"。弯弯曲曲的渭水萦抱着秦塞，黄山依旧横卧在汉宫之旁。诗人特意把"曲"和"斜"分别放在句末，一"曲"一"斜"，突出了一水一山在画面上的线条感，写法上类似"大漠孤烟直，长河落日圆"的一"直"一"圆"。"秦塞"和"汉宫"分别指秦代要塞、汉代宫殿，用在这里，既拉远了空间，也拉远了时间。

颔联两句往宫中"回看"，看皇宫园林，"銮舆迥出千门柳，阁道回看上苑花"。上句是说，皇帝的车驾穿过空中阁道，远远高出柳丛之上，宫殿千门，重重叠叠，到处柳色青青。下句是说，皇帝从宫中阁道上回首而望，但见皇家园林的鲜花开得正盛，一片姹紫嫣红。

颈联两句写帝都长安，仍是阁道上望中所见。上句往帝都高处看，"云里帝城双凤阙"。"双凤阙"原指汉代建章宫门外高大的望楼，这里是指大明宫含元殿前的翔鸾、栖凤二阙。下句往长安城里看，"雨中春树万人家"。有了"云里"二字，"帝城双凤阙"越发得高大神圣，有了"雨中"二字，"春树万人家"更具诗情画意，同时也让长安城在烟雨迷蒙中显得更加壮阔无边。

可惜尾联两句，还是不免要歌功颂德的，"为乘阳气行时令，不是宸游玩物华"。"行时令"在这里是指按季节制定有关农事的政令，"宸游"指皇帝出游。尾联是说，天子出游并不是为了游春玩景，而是感受春天的阳气，正在为天下百姓制定农事政令。这显然是在为唐玄宗的耽于游乐做粉饰，但其中也有几分寓讽于颂的良苦用心。诗人担任左补阙之职，面对的是一个只想听到颂扬之声的皇帝，写的又是应制诗，他要在应制诗中夹杂点儿规劝之意，也就只能委婉再委婉了。

沈德潜很欣赏结尾两句，评价说："结意寓规于颂，臣子立言，方为得体。应制诗应以此篇为第一。"其实，这首诗好在前六句。前六句不是绕着唐玄宗打转转，而是巧妙地写他在阁道上的望中所见，由此也就跳出了应制诗通常难以摆脱的狭窄内容和陈词滥调。不只是立意上别出心裁，而且有画家构图的独到眼光。如果把诗中所写的远处山水形胜、近处宫殿园林，以及云雾里的"双凤阙"和烟雨中的"万人家"放在同一幅图画中去想象，那就是帝都之春的一幅长轴画卷了。

王维一生经历了武后、中宗、睿宗、玄宗和肃宗五代皇帝，但主要生活在玄宗在位四十四年的开元、天宝年间。而且，王维任职大都是在朝中，其间担当的一些职务，譬如右拾遗、左补阙、给事中等职，常侍玄宗左右。玄宗多才多艺，不但嗜好音乐，通晓音律，而且擅长诗文，精于书法。按理说，以王维

在诗文、音乐、绘画、书法等方面的杰出才华，玄宗自然会赏
识有加，况且王维有二十多年都在朝中。然而，除了王维的应
制诗让人可以想象君臣唱和的场面，从史料上看不到任何有关
王维和唐玄宗两人之间的故事。这或许是因为王维的低调，他
从不把别人的赞誉写在自己的诗文中，又或许是因为史书的疏
漏，毕竟《旧唐书》《新唐书》都出现在两三百年之后。但推
究起来，还有两个可能：

第一，玄宗对自己的兄弟看似友善，其实多有猜忌，王维
却总是得到诸王的欣赏。前边说到王维初入官场就遭遇的舞黄
狮子案时，我曾经说过，唐王朝皇室从一开始就不乏血腥内斗，
唐玄宗就是从这种血腥内斗中厮杀出来的。他一方面拿出善待
兄弟的姿态，另一方面又禁止他们与群臣交结。王维很可能就
是因为常随岐王游宴赋诗，结果被朝廷贬逐到千里之外的济
州，从此他蹭蹬不遇，蹉跎了十多年时光，直到得到张九龄的
赏识。后来王维的名气越来越大，《旧唐书》记载说："维以诗
名盛于开元、天宝间，昆仲宦游两都，凡诸王驸马豪右贵势之
门，无不拂席迎之，宁王、薛王待之如师友。"除了岐王，今
天已经无法得知王维与其他诸王究竟有何交往了，但如果真如
《旧唐书》所说，诸王都把他当作座上客，那他的选择就只能
是既不能拂逆了诸王的盛情，更不能重蹈覆辙得罪了圣上。从
王维现存作品来看，他从未提及宁王、薛王，大概就是汲取了
当年常随岐王游宴赋诗的教训。尽管如此，只怕玄宗对他还是

心存芥蒂。诸王对王维的欣赏和亲近，反而在一定程度上拉远了玄宗与王维的距离。

第二，玄宗崇信道教，贬抑佛教，王维却是虔诚的、有名的佛徒。玄宗登上帝位以前，崇佛的武则天执政近半个世纪，名僧辈出，寺庙林立，佛教大盛。玄宗即位不久就整肃佛教，接连下诏禁止新建寺院，限制佛寺的土地。736 年他诏令把佛教事务的管理重新归于专掌外交事务的鸿胪寺，第二年又诏令把道教归于掌管皇族事务的宗正寺，明显表现出尊道抑佛的政策。开元末期到天宝年间，一心追求长生不老的玄宗，越发地迷恋道教。这二十多年，恰是王维在玄宗在位时期担任朝臣的时间。如果说李白在天宝元年被玄宗征召入京，很可能与其道教信仰不无关系，那么，信佛的王维就不会有这么幸运了。

还值得注意的是，从天宝元年（742 年）秋到天宝四载（745 年）春，李白也在宫中，却看不到王维和李白之间的来往。不仅如此，从他们一生中也完全找不到任何交集。这让人不能不感到有些讶异，要知道他们很可能是同龄人，卒年也很接近，而且生活在一个诗歌鼎盛、诗人喜欢交游唱酬的时代。他们有不少共同的朋友，孟浩然、杜甫、高适等人都与他们有深厚友谊，但他们两人之间似乎是老死不相往来。

关于这一点，前人是避而不谈的，因为找不到任何证据来给李白、王维的毫无交集下结论。直到近年来，李、王关系才成为热闹话题。想必是受到影视文学和网络文学的影响吧，有人把学道求仙的玉真公主也拉了出来，很浪漫地演绎出一场诗仙、诗佛情陷玉真公主的醋海情浪。除此之外，较为常见的说法，往往都与文人相轻或瑜亮情节有关。

在毫无相关资料的情况下，与其做出种种猜测和臆想，不如从他们本人的性格与交游寻找原因。大凡有名的人物，或有意或无意，周围都会形成自己的朋友圈。个人的性格、品质、爱好、宗教信仰、政治理念等，都会影响到对朋友的选择。由此来看李白和王维，他们在品质、爱好和政治理念上都不会发生什么冲突，即使是在宗教上一个虔诚信道，一个虔诚信佛，也不会是什么问题。唐代社会文化开放，李白就是典型代表，儒、道、佛、仙、侠、纵横等各种思想都吸引着他。王维以敬佛修禅著称，但也受到儒、道、仙、侠不同程度的影响。李白和王维的最大不同是性格。李白三十四岁向朝廷地方大员韩朝宗写求荐信，很自傲地说："幸愿开张心颜，不以长揖见拒。必若接之以高宴，纵之以清谈，请日试万言，倚马可待。"又说自己"十五好剑术，遍干诸侯。三十成文章，历抵卿相。虽长不满七尺，而心雄万夫"。王维三十五岁得到丞相张九龄的赏识荐拔，感恩献诗说："贱子跪自陈，可为帐下不？感激有公议，曲私非所求。"其中也有人格的骄傲，话却说得自谦自卑。李白在宫中恃才傲物，不拘小节，纵酒酣醉，连王公大人也不放在眼里，"谑浪赤墀青琐贤""王公大人借颜色"，导致权贵的谗毁和玄宗的疏远，不到两年就被赐金放还，不得不离开京城。

王维却是小隐隐于野，大隐隐于朝，虽然曾经几度隐居，平日有时间就去终南山和辋川，但大多时候都身居京城，上了朝就谨言慎行地在朝中做官，退了朝就在家里焚香默坐，敬佛修禅。

前面说过，以诗仙、诗圣、诗佛三大诗人的个性而言：李白豪迈奔放，狂傲不羁；杜甫含蓄深沉，又感情炽烈；王维宁静恬淡，闲适自在。如果说李白的狂放像火山爆发，杜甫的炽烈像地下岩浆，那么王维的宁静就更像是幽壑溪流。从杜甫的性格看，他其实更像李白，而不像王维。他与李白在洛阳偶然相遇，其后两年间一再相聚同游，终生引为知己，写下十多首感人的佳作。相比之下，他与王维就只是泛泛之交了。他们两人长时间同在长安，其间虽有交游唱酬，却似乎从未迸发出类似于李、杜之间的那种火花。杜甫晚年写下《解闷十二首》，其中第八首说："不见高人王右丞，蓝田丘壑漫寒藤。最传秀句寰区满，未绝风流相国能。"诗中虽有怀念之意，却是一种追怀名士高人的心情，读不出那种思念李白的深挚情感。

杜甫和李白的友谊是文学史上的美谈，不能因此就希望李白和王维之间，或者是杜甫和王维之间，也能发生类似的佳话。杜甫之所以成为李白的伟大知音，自然有其原因，性情的投合是其中必不可少的。比如杜甫的《赠李白》："痛饮狂歌空度日，飞扬跋扈为谁雄？"既是调侃李白，也是调侃自己。杜甫的个性本来就有豪迈狂放的一面，所以更能理解李白的桀骜不羁。"李白斗酒诗百篇，长安市上酒家眠。天子呼来不上船，自称臣是酒中仙。"有谁能把李白的桀骜不羁写得比这几句更鲜明生动？"冠盖满京华，斯人独憔悴。孰云网恢恢，将老身反累。千秋万岁名，寂寞身后事。"这种对李白的相知之深和情意之切，有谁比杜甫写得更感人？"不见李生久，佯狂真可哀。世人皆欲杀，吾意独怜才。"这是以李白的知音为荣，没人比杜甫更能体会李白的狂傲，还有狂傲背后的悲哀。相比于杜甫，宁静恬淡、谦和内敛，下了班就焚香坐禅、告了假就隐居辋川的王维，跟李白可能很少有纵酒高谈的时候。更何况，以李白的不拘小节，见了长安大才子未必就谦恭三分。以王维的洁身自好，碰到奉诏而来的翰林待诏也不会趋炎附势。

人和人是有缘分的，诗仙、诗圣和诗佛之间，也是如此。唐代诗人中，很少有人比李白更热烈、更狂放，也很少有人比王维更宁静、更闲适。两种鲜明不同的性格，自然也影响了周围的朋友圈子。与李白相交深的朋友多有狂放的一面，如贺知章、杜甫、岑夫子、丹丘生和崔成甫，与王维相交深的朋友多是山水田园诗人，如裴迪、祖咏、储光羲、綦毋潜和丘为。张九龄知人善任，王维就得到了他的提拔，但他未必赏识狂傲的李白。李白说自己"三十成文章，历抵卿相"，却似乎从未向张九龄毛遂自荐。贺知章嗜酒狂放，见了李白就惊呼谪仙，他和王维都是久居京城的名士，但好像也没什么交集。孟浩然其人其诗看起来都很娴静淡雅，但也常有嗜酒狂放、不拘小节的时候，这应该就是他和王维、李白都有深交的缘故。

亦官亦禅

— ○ 薄暮空潭曲

唐玄宗天宝元年到天宝九载，也就是公元742年到750年，对王维来说是四十二岁到五十岁。说到这个时期的王维，有一个不能不面对的事实，那就是他在李林甫大权独揽的天宝年间平安无事，仕途顺利。李林甫嫉贤妒能，排斥异己，史书上说他"尤忌文学之士"。但他对王维似乎比较友善，王维对他好像也礼敬有加，曾写诗赞美。对于这一点，后人往往避而不谈，只强调王维的隐居就是对李林甫执政的不满。也有人不回避王维写诗赞美李林甫的事，认为这是曲意逢迎。

先说王维写诗赞美李林甫的事。天宝三载（744年）冬，李林甫、王维等朝廷官员随侍玄宗到骊山温泉，李林甫写了首诗，王维随后酬和。李林甫的诗今已失传，王维的诗题作《和仆射晋公扈从温汤》。节选诗中前八句写天子出行的声势，其后八句显然是恭维李林甫：

> 上宰无为化，明时太古同。
>
> 灵芝三秀紫，陈粟万箱红。
>
> 王礼尊儒教，天兵小战功。
>
> 谋犹归哲匠，词赋属文宗。
>
> 司谏方无阙，陈诗且未工。
>
> 长吟吉甫颂，朝夕仰清风。

王维颂扬说，辅佐大臣无为而治，当今天下就像远古时代的盛世清明。国家吉祥，灵芝一年三次开花，粮食年年丰收，千仓万箱都因为储存太久而红腐变质。遵从君上，奉行儒教，王师足以慑服外敌，不以战功为重。治国谋略，要归功于哲匠，辞赋文采，也非文宗莫属。在这八句中，"上宰"以下六句虽有夸大和奉承之嫌，却也不是无所依据。744年，李林甫当政已近十年，这时候的唐王朝依然强盛富足，很少对外用兵。虽说这在很大程度上归功于唐玄宗前期的励精图治，以及前几任贤相奠定的基础，但也不能抹杀李林甫的行政才能。至于"谋犹"两句，就纯属曲意逢迎了。"哲匠"是指很有才能且又睿智明达的大臣，"文宗"是指文章可为后人宗仰的大师，李林甫岂能谈得上"哲匠"和"文宗"？

令人感到不舒服的还有最后四句："司谏方无阙，陈诗且未工。长吟吉甫颂，朝夕仰清风。"大意是说，我担任左补阙的司谏之职，朝政却"无阙"可补。献上我的诗文，只觉得还不够水准。我只能吟咏您的诗作，朝夕仰慕，如沐清风。"长吟"两句，从《诗经·大雅·烝民》中"吉甫作诵，穆如清风"两句化来，把李林甫比作了周宣王的贤能宰辅尹吉甫。

如果不客气地批评这首诗，说它过于肉麻也未尝不可。然而，倘若想一想权势的可怕、官场的应酬、文人的客套，再设想一下当时纷纷唱和的情境，可以肯定地说，像王维这样跟李林甫唱酬的官员是大有人在的。只不过后来因为李林甫死后被清算，很多类似的诗也就悄然不见了。即使有人把颂扬李林甫的诗收入诗集，那也很难存留至今。

暂且不说他人如何，王维为什么要写诗颂扬李林甫？只是出于应酬和客套，还是向李林甫示好，但求明哲保身，抑或是献宠取媚，趋炎附势，急着飞黄腾达？

从王维的仕途来看，他是一步一步走过来的，并没有得到李林甫的特别关照和破格提拔。天宝四载（745 年）他从从七品上的左补阙升为从六品上的侍御史，天宝五载（746 年）转任同等品阶的库部员外郎。以他的年龄和才名，这样的升迁并不算快，以至于连李林甫从前的秘书苑咸，也写诗开他的玩笑。

这一年王维写诗给好友苑咸，题作《苑舍人能书梵字兼达梵音皆曲尽其妙戏为之赠》。中书舍人苑咸原是李林甫的秘书，《旧唐书》说他代李林甫处理信函。王维在诗中称赞苑咸是名儒、才子，又通晓梵音，书写梵文，吟诗作赋更胜于扬雄和司马相如。最后以调侃和勉励的口吻说，作为你的旧友，我期待着你能够位居三公，但也希望你可别厌烦了夜里在宫中值班之事。

苑咸看了王维的诗，回了首《酬王维》。诗前有序，盛赞王维"当代诗匠，又精禅理"。序中又说"且久未迁，因而嘲及"。意思是王维很久都没有得到提拔了，所以写诗给他开个玩笑。诗中对王维备极赞赏，末两句却说："应同罗汉无名欲，故作冯唐老岁年。"意思是，王兄啊，你大概跟罗汉一样没什么贪求声名之欲，所以才像冯唐一样年老未能升迁。冯唐就是王勃《滕王阁序》里"冯唐易老"所说的冯唐，他老大不小了才出来做官，等到汉武帝想重用时，他已经九十多岁了。

苑咸以调侃的口气为王维解嘲，其中也夹杂着为王维鸣不平之意。王维收到诗，又写了《重酬苑郎中》一诗：

何幸含香奉至尊，多惭未报主人恩。

草木岂能酬雨露，荣枯安敢问乾坤？

仙郎有意怜同舍，丞相无私断扫门。

扬子解嘲徒自遣，冯唐已老复何论。

　　王维自嘲说，我能在君王旁边侍奉就已经荣幸之至了，深为惭愧的是未能报答君王的恩德。小草小木岂能酬谢雨露之恩，区区个人的穷达又怎敢怨天尤人。深知你对我的怜爱是一番美意，但丞相不徇私情，会断然拒绝那些相门洒扫的求谒者。我就像扬雄一样给自己解嘲，徒然地自我排遣吧，况且冯唐已经年老，何必再说什么。王维的话里，看似自卑自嘲，其实有自尊自傲。他在官场的"荣枯"，取决于"至尊"圣上和"丞相"李林甫的一念之间，也要看他自己是否善于迎合圣上，讨好李林甫。苑咸笑他久不升迁，他就借此表态，乍然一看只是表明自己对"至尊"的感恩，对"丞相"的理解，但实际上也是在表明自己无心于攀龙附凤，青云直上。"乾坤"可以指天地，也可以指皇帝、皇后。王维说"荣枯安敢问乾坤"，无异于说自己从未向玄宗献赋求官。"扫门"的典故来自《史记·齐悼惠王世家》，说的是魏勃年少时想求见齐相曹参，只因家里贫穷，无钱打通门路，常常一个人跑到曹府门口扫地，最终达到了目的。王维说"丞相无私断扫门"，也等于说自己不会去干那种相门洒扫、求谒权贵的事情。

　　唐代盛行干谒之风，向皇帝献赋求官的士人很多，李白和杜甫就有不少献赋和干谒的故事。李白说自己"遍干诸侯"，"弹剑作歌奏苦声，曳裾王门不称情"。杜甫说自己"骑驴十三载，旅食京华春。朝扣富儿门，暮随肥马尘。残杯与冷炙，到处潜悲辛"。相比李杜而言，《王维集》中看不到献给皇帝的辞赋，干谒诗也只给张九龄写过。

王维和李林甫无疑有一些交往。除了写诗唱酬，王维很可能是李林甫的画友。李林甫在绘画上是有造诣的，唐代著名的画论家张彦远说见过李林甫的画作，称赞他的画作笔法甚佳，山水画有些像李昭道的作品。王维曾经给李林甫的府邸画过画，《长安志》记载说，李林甫"奏分其宅东南隅，立为嘉猷观。观中有精思院，王维、郑虔、吴道子皆有画壁"。

王维和李林甫都是绝顶聪明的人物，两人的关系很微妙。《旧唐书》记载说，李林甫性格缜密严谨，城府极深，从不把自己的爱憎显露在脸上。又说他执政二十年，朝野之士惧怕他的权力权势，见了他只敢侧目而视。《资治通鉴》记载说，当时人评价李林甫"口有蜜，腹有剑"，我们今天所说的口蜜腹剑就由此而来。这样一个深得皇帝宠信的权相，阴毒狠辣，让我们后人细想起来都要打个寒战。王维生性持重，少年老成，虽然如此，二十出头刚入仕途就因为舞黄狮子案而被贬官济州。十多年后他终于得到张九龄的赏识和任用，但时隔不久，张九龄就被李林甫排斥出朝。他本来就不是一个激烈抗争的人，年轻时的仕途遭遇又让他更加谨小慎微，况且他后来一直都在朝中做官，接近最高权力，熟知京城官场的暗流旋涡，再加上笃信佛教，不与人争，半仕半隐，心在山水，这在很大程度上就躲开了李林甫的锐眼和暗箭。他写诗赞扬李林甫，到李林甫的府邸作画，与其说是权力欲望的驱使，不如说是明哲保身，从权臣手中得到一张平安的门票。但对于李林甫，应该说王维还是很有底线的。试想一下，像他这样的天下名士，如果并不爱惜自己的羽毛，动辄就往相府里献殷勤，甚而同流合污，那他就不会在官场上久不升迁，也不会在天宝十二载（753年），当死后的李林甫被清算时，他还能够安然无恙，并且官升一级，担任吏部郎中。

王维深知李林甫的阴毒狠辣，李林甫又何尝不知道王维跟他保持着一定距离。如果他把王维视为知己心腹，王维早就飞黄腾达了。史书上说李林甫嫉贤妒能，排斥异己，但王维在他眼里，是一个不会构成威胁的名士、隐士、佛徒和小官员。只要王维不反对他，他还是愿意做出爱才的姿态，装点他执政的门面。他有"腹剑"的一面，也有"口蜜"的一面，对于王维在诗文、绘画和书法上的造诣和成就，少不了还颇有赞词呢！

年轻时的王维曾经也是意气风发，雄心勃勃，但中年以后的王维很少抒写远大抱负和豪迈情怀，越来越专心佛事，热衷禅修，喜好山水。这虽然跟年龄不无关系，但主要原因还在于他很清楚地知道，大唐王朝已随着唐玄宗的骄奢淫逸和李林甫的专横弄权而日渐腐败。《旧唐书》记载，王维"在京师，日饭十数名僧，以玄谈为乐。斋中无所有，唯茶铛、药臼、经案、绳床而已。退朝之后，焚香独坐，以禅诵为事"。他好像已经放弃了凡尘俗世的所有贪欲，包括物质上的享受，也包括政治上的野心。虽然不能说已经做到六根清净，但他确实能够让自己安静下来，克制自己的欲望和冲动。

　　王维的五言律诗《过香积寺》，写得从容不迫，但最后一句"安禅制毒龙"，却透出克制贪欲的急切。香积寺距离长安城不远，在今西安市长安区神禾原上。或许是在一个旬休日，王维前往香积寺打坐。请看这首诗：

> 不知香积寺，数里入云峰。
> 古木无人径，深山何处钟。
> 泉声咽危石，日色冷青松。
> 薄暮空潭曲，安禅制毒龙。

　　诗题叫作《过香积寺》。"过"的意思是过访，这首诗并非正面去写香积寺，而是写自己前往香积寺登门访问。在唐代，香积寺是很重要的佛寺，因为这里是净土宗的圣地。净土宗肇始于东晋时期庐山东林寺的慧远大师，到了唐朝初年，经善导法师的发扬光大才成为独立的佛教宗派。香积寺就是善导的弟子为纪念他而建立的，被视为净土宗的祖庭。中国佛教有八大宗派，王维是在家居士，并非高僧，没有严格的宗派观念。他信仰禅宗，也信仰净土宗。净土宗通过念诵佛号，得以往生西方极乐净土。所以，王维在《西方净土变画赞并序》一文中说："愿以西方为导首，往生极乐性自在。"

　　正因为信仰净土宗，前往香积寺的王维是很虔诚的。诗一开头，就营造出神秘的氛围，"不知香积寺，数里入云峰"。不知道香积寺有多远多高，走了几里地，才登上香积寺所在的云峰。"云峰"是云雾缭绕的山峰，诗人身在云峰之上，只见空山流云，不见香积寺踪影。

颔联接着写云峰，"古木无人径，深山何处钟"。古木参天，山径上不见人迹，香积寺的钟声在深山里空谷传响，却分辨不出从何而来。上句写古老的树木、无人的小径，以静写静，是正面衬托，下句写深山钟声，以动写静，是反面衬托。再加上"无人""何处"的遣词用字之妙，诗人把山野的幽邃静谧写得亦真亦幻，也把香积寺的遥远神秘渲染得恍如梦境。

同是写沿途中的目之所见，耳之所听，颔联从大处着墨，颈联从细处下笔。颔联是许多人都能体验得出却写不出来的，颈联是王维自己独有的细微观察和微妙感觉。试想一下，"泉声"和"危石"之间，为什么用一个"咽"字？"日色"和"青松"之间，为什么用一个"冷"字？"咽"是形容因为阻塞而变得低沉的声音，常用的词汇有呜咽、哽咽、幽咽等。山间的泉水遇到高大的岩石，受到阻塞，其声如咽。"冷"的意思自然是人人皆知的，但这里的"冷"是很微妙的感觉。山里的青松高而茂密，强烈的日光从松林里一层层枝叶间照射下来，光线变得越来越暗弱，暗弱得让人生出些许的寒意。一"咽"一"冷"，用字尖新，却又传神。回头再看颈联两句，"泉声咽危石"突出的是山里的寂静，静得听得见泉声如咽。"日色冷青松"凸显的是山里的幽暗，暗得连太阳的强光都变弱了。这种寂静和幽暗，同样是写香积寺附近山野的幽邃静谧，同样是为香积寺的遥远神秘进行烘托和渲染。

尾联"薄暮空潭曲，安禅制毒龙"，是到达香积寺后的打坐修行。"空潭"指空明澄澈的深潭，这里暗示静坐入定后心灵的空明澄澈。"曲"指弯曲的地方，幽深的地方。"安禅"的意思是静坐入定，也就是打坐。"毒龙"典出佛教经典《涅槃经》，经文上说人心中的贪欲妄念就像一条毒龙，暴躁急怒，与他人相互危害。这两句的意思是说，傍晚时分坐在深潭旁幽深之处静坐入定，让心灵一片空明，制伏躁动的贪欲妄念。

这首诗由远及近，诗人一路行来，入云峰，进深山，听幽咽的泉声，穿幽暗的松林，最后是日暮时分打坐于香积寺深潭之旁。出现在他笔下的云峰、古木、深山、泉声、危石、日色、青松，似乎都与香积寺无关，却又处处不离香积寺，越往下写，越是静，越是幽，越是空。这种充满禅意禅趣的美，在他写于辋川的一些名作中更是美到了极致。

辋川别业

○
倚杖柴门外

　　王维半仕半隐，"仕"几乎都在朝中，"隐"主要在终南山和辋川，尤其是辋川。天宝三载（744年）他购得蓝田山庄，开始经营辋川别业，直到上元二年（761年）去世前把辋川别业施作僧寺，其间长达十七年。

　　辋川在哪里？从长安城东南角的曲江芙蓉苑，往东南方向走三十多公里进入蓝田县，由此再往东南走三十多公里，进入秦岭北麓的一片山间谷地，这就是辋川了。辋川位于秦岭北麓，这里青山迤逦不断，峰峦起伏有致，最重要的还是一条叫作辋水的溪流，有水则灵。辋水在山涧谷底蜿蜒流淌，长年不断，给山石草木带来了灵秀之气。武则天当政时期的著名诗人宋之问，在这里建有别业，王维购买的辋川别业就是他当年的蓝田山庄。

王维有不少名作都写在辋川，很难确定这些作品具体的创作时间。除了零散之作，他在辋川还留下了《田园乐七首》和《辋川集》。前者是王维篇数最多的组诗，后者是他为自己编辑的唯一的小诗集，由此也能看出辋川在王维心目中有多重要。从诗中的内容及其所流露的心境意绪来看，前者创作于隐居辋川不久，后者创作于隐居辋川的后期。

组诗《田园乐七首》又叫作《辋川六言》，都是写在辋川的六言绝句。六言绝句属于近体诗范畴，就像五言、七言绝句一样，到了唐代才发展成为格律诗。可以说，唐代最有名也最有代表性的六言绝句，就是《田园乐七首》。借此机会，我们就来看几首六言绝句：

其一

厌见千门万户，经过北里南邻。
官府鸣珂有底，崆峒散发何人。

其二

再见封侯万户，立谈赐璧一双。
讵胜耦耕南亩，何如高卧东窗。

其三

采菱渡头风急，策杖林西日斜。

杏树坛边渔父，桃花源里人家。

其四

萋萋春草秋绿，落落长松夏寒。

牛羊自归村巷，童稚不识衣冠。

其五

山下孤烟远村，天边独树高原。

一瓢颜回陋巷，五柳先生对门。

其六

桃红复含宿雨，柳绿更带朝烟。

花落家童未扫，莺啼山客犹眠。

其七

酌酒会临泉水，抱琴好倚长松。

南园露葵朝折，东谷黄粱夜春。

这些诗读起来，大致都是两字一顿，读得多了就可能觉得单调。因为六言绝句每句由三组双音节的词构成，没有五言、七言绝句那种单音节和双音节灵活转换的变化感、音韵感。但王维的《田园乐七首》，还是以鲜活灵动的笔触和富有美感的画面，弥补了六言诗的局限，写得既清新又典雅。其中如第五首的"山下孤烟远村，天边独树高原"，以"孤烟"反衬"远村"，以"独树"反衬"高原"，让我们再次看到诗人妙笔下的画家匠心。又如第六首，描绘了桃红柳绿、花落莺啼的绚烂春景，又以这绚烂春景反衬了"山客犹眠"的浑然不觉，短短四句，把美丽的风景、生动的叙事、闲适的情趣融为一片。

《田园乐七首》无疑都是在写田园之乐，但从七首诗的前后顺序来说，诗人的田园之乐是越往后看，越有深趣，越有高致。前两首是摆脱红尘闹市的快乐，第三首是找到世外桃花源的快乐，其后四首都是隐居辋川的快乐。虽然说后四首没有一句提到长安城，但诗人的田园之乐其实就是以城中和官场做对比的。辋川没有官场的束缚，不论官位的高低，"牛羊自归村巷，童稚不识衣冠"。辋川没有什么荣华富贵的排场，不必跟人攀比，"一瓢颜回陋巷，五柳先生对门"。辋川用不着起早贪黑，苦于案牍劳形，"花落家童未扫，莺啼山客犹眠"。辋川也不必逢场作戏，穷于交际应酬，"酌酒会临泉水，抱琴好倚长松"。

在王维笔下，辋川无论春夏秋冬，都是快乐的、安详的、自在的、闲适的。有一首五言律诗写在秋天，诗中出现了一系列在古代诗歌中通常意味着衰飒凋零的意象，但他还是写出了幽居辋川的闲适恬淡。这首诗就是《辋川闲居赠裴秀才迪》：

> 寒山转苍翠，秋水日潺湲。
>
> 倚杖柴门外，临风听暮蝉。
>
> 渡头余落日，墟里上孤烟。
>
> 复值接舆醉，狂歌五柳前。

寒山、秋水、暮蝉、落日、孤烟，古诗中大凡出现这样一些意象，往往就染上了愁苦悲凉的色彩，流露出孤独失意的情绪。但这首诗，在不动声色的笔墨中别出心裁，反弹琵琶，传达了超然物外、淡泊宁静的意趣。

首联两句，上句写山，下句写水。诗人在辋川每天都徜徉于山水之中，最能感受到季节的变化。这时候，辋川的山野已经显得寂静冷落了，变成了"寒山"。山的颜色也变了，从亮色调的青翠变成了暗色调的"苍翠"。辋川的流水也跟夏天不一样了，变成了"秋水"，一天一天地缓慢下来。秋意渐渐深了，水瘦山寒，诗人的心境会不会随着秋天的萧瑟而黯淡下来呢？

颔联两句，乍一看似乎有些悲凉。"倚杖"和"柴门"容易让人想到老者、贫者、孤独者，"暮蝉"更容易让人起悲凉之意。东汉《吴越春秋》里就说："夫秋蝉登高树，饮清露，随风扬挠，长吟悲鸣，自以为安。"唐诗里出现蝉声，大都带着哀伤。"日夕凉风至，闻蝉但益悲""红树蝉声满夕阳，白头相送悲相伤""本以高难饱，徒劳恨费声。五更疏欲断，一树碧无情"，这些诗句，就分别出现在孟浩然、元稹和李商隐的笔下。古人不知蝉的生死循环，也不可能知道雄蝉的鸣叫是为了引诱雌蝉来交配，往往以人的情感想象蝉声。蝉声悲凉，何况是秋蝉、暮蝉？此时的诗人，站在柴门外、秋风中、夕阳下，只听见蝉叫声声，情何以堪？但他很平静很淡定地说："倚杖柴门外，临风听暮蝉。"他既没有叹老之意，也没有嗟贫之意，他只是拄着拐杖，很闲适地在他的柴门外，听着秋风送来的一声声蝉鸣。

颈联两句，突出两个意象，一是"落日"，一是"孤烟"。落日是天天都可以看到的，孤烟也是古代社会常有的景象，但王维总能提炼出非同凡响的诗情画意，写出惊人的妙句。曹雪芹在《红楼梦》中写香菱跟着黛玉学诗，黛玉让她先读王维的五律、杜甫的七律和李白的七绝。香菱读王维的五律，入迷着魔，寝食俱废，有一天向黛玉说起心得：

> 香菱笑道："据我看来，诗的好处，有口里说不出来的意思，想去却是逼真的。有似乎无理的，想去竟是有理有情的。"黛玉笑道："这话有了些意思，但不知你从何处见得？"香菱笑道："我看他《塞上》一首，那一联云：'大漠孤烟直，长河落日圆。'想来烟如何直？日自然是圆的。这'直'字似无理，'圆'字似太俗。合上书一想，倒像是见

了这景的。若说再找两个字换这两个，竟再找不出两个字来。再还有'日落江湖白，潮来天地青'，这'白''青'两个字也似无理。想来，必得这两个字才形容得尽，念在嘴里倒像有几千斤重的一个橄榄。还有'渡头余落日，墟里上孤烟'，这'余'字和'上'字，难为他怎么想来！我们那年上京来，那日下晚便湾住船，岸上又没有人，只有几棵树，远远的几家人家做晚饭，那个烟竟是碧青，连云直上。谁知我昨日晚上读了这两句，倒像我又到了那个地方去了。"

这段话，是曹雪芹借香菱之口谈王维诗，还是生活中真有一位像香菱一样的女子说过类似的话？从曹雪芹要活现当日闺阁女子的创作动机和《红楼梦》的写实性来看，后者的可能性还是很大的。我们姑且就把这段话，看作是香菱"自己"的见解吧！在这段话中，香菱所举的王维诗句，大致都与落日、孤烟相关。第一个例子是"大漠孤烟直，长河落日圆"，我们在释读《使至塞上》那首诗时已经欣赏过了。第二个例子是"日落江湖白，潮来天地青"，出自《送邢桂州》一诗。这两句也是诗中有画，但并非胜在线条勾勒，而是色彩的变化。夕阳西下，晚霞的绚烂也就消失了，江湖之上唯有白茫茫水光。晚潮上涨，碧水蓝天连在了一起，天地间一片青苍。"白""青"两字分别用在句末，突出色彩的变化，就像"直""圆"两字分别用在"大漠孤烟直，长河落日圆"的句末，突出线条的勾勒。第三个例子是"渡头余落日，墟里上孤烟"，就出自《辋川闲居赠裴秀才迪》。这两句也写"落日""孤烟"，却是乡村景色，与"大漠"两句的塞上风光完全不一样。"渡头"是渡口，渡口在水边，水边只剩下一轮落日，水之平面和落日之圆构成画面的立体感。"墟里"是村落，村落上空，一缕孤烟袅袅上升，画面就鲜活起来了。难怪香菱读到这两句诗，一下子就想起了那年那日的傍晚，只觉得"又到了那个地方去了"。

前边说王维在颔联中写到"暮蝉"，跟很多诗人传达的悲凉不一样，给人的感觉是平静的、闲适的。而之所以有这种感觉，不只是因为颔联，还因为颈联和尾联。颈联"渡头余落日，墟里上孤烟"，是多么恬静的画面。尾联"复值接舆醉，狂歌五柳前"，把裴迪比作接舆，把自己比作陶渊明，意在表达对山水田园的真实喜爱，抒写超然尘俗之外的情趣。接舆是春秋时期楚国的隐士，他为了逃离官场，不惜剪去头发，佯狂装疯，到峨眉山隐居。"五柳"指东晋时期归耕田园的陶渊明，陶渊明以"五柳先生"自号，写有自传文《五柳先生传》。上句一个人物与典故，下句又是一个人物与典故，容易失之呆板无趣，但诗人以戏谑的口气和叙事的方式来表现，笔墨自然洒脱。两句的意思是，又碰到裴迪像接舆一样佯狂酒醉，跑到我这个五柳先生面前纵饮狂歌。

当年，宋之问一度隐居在辋川，写有《蓝田山庄》一诗。

他说自己"辋川朝伐木，蓝水暮浇田。独与秦山老，相欢春酒前"，看起来很有些像陶渊明了，但其实是始终都不甘于寂寞，趋炎附势。像王维一样，他也是相貌出众，才华横溢，只可惜过于迷恋荣华富贵。他先后依附张易之兄弟、太平公主和安乐公主，谁最得势就趋附谁，一再卷入朝廷和皇室的政治斗争，最后被即位不久的唐玄宗赐死在遥远的贬谪之地桂林。隐居辋川别业的王维，自然会不时想起当初这里的主人，并从宋之问的人生教训中深有所感，可惜他从未诉诸笔端。大概就因为辋川是他的桃花源吧，他不想让宋之问玷污了这里。出现在辋川诗文中的古人是接舆、颜回、陶渊明等品行高洁之士，来访辋川别业的朋友是裴迪、储光羲、崔兴宗等知心好友。他在长安城不能不应酬各种人，但在辋川，与他交往的只有情趣投合的朋友。

知己难得

—○

与君赋新诗

　　年轻时读王维的诗，常会想到"独坐幽篁里""寂寞掩柴扉"的王维。于是就想，王维的隐居虽然高雅，却不免太孤独了。后来读了他更多的作品，才知道他其实有不少相知很深的朋友。即使是在终南山或辋川，也有朋友来访，甚至是跟朋友一起隐居。这些朋友中，与他相处最久也最密切的是裴迪。《旧唐书》记载说，王维"得宋之问蓝田别墅在辋口，辋水周于舍下，别涨竹洲花坞，与道友裴迪浮舟往来，弹琴赋诗，啸咏终日"。

　　我们现在常说朋友圈。要了解一个人，不妨去了解一下他喜欢交什么朋友。王维在京城赫赫有名，长安城有不少王侯贵族都乐意跟他相交，但这些人未必是他的知心好友。王维也写过不少唱和应酬的诗，有时还不得不违心地说几句好听话，但我们从这类诗中实在是读不出感情来。相比之下就会发现，能与王维多年相交并被他视为知己的朋友，多是山水田园诗人。他并非有意识地要建立一个千古流传的山水田园诗派，但盛唐时代有名的山水田诗人，譬如孟浩然、祖咏、储光羲、綦毋潜、丘为等，都是他的好友。

前面已说过王维和孟浩然、祖咏的交往及诗作，这里就不再赘言。储光羲是山水田园诗派中仅次于王、孟的代表诗人，他与王维的友情深厚。有一天，两人约好在王维家见面，储光羲大概因为意外情况未能前来。等不来朋友的王维，写下一首《待储光羲不至》的诗：

> 重门朝已启，起坐听车声。
> 要欲闻清佩，方将出户迎。
> 晚钟鸣上苑，疏雨过春城。
> 了自不相顾，临堂空复情。

前四句写一大早就等候储光羲的急切。一道道城门在黎明时分已经打开了，诗人起身倾听外边马车的声音，只等听到了好友衣带上的玉佩叮咚作响，就可以出门迎接。后四句写傍晚时分久候不至的惆怅。傍晚的钟声从皇家宫苑传来，稀疏的小雨掠过春天的京城。诗人这才确信好友不会前来，只能待在客堂空空思念。此诗并不是王维诗中的上乘之作，却让我们看到一个日常生活中很朴实、很重情谊的王维。他一点儿没有端出大名士的矜持，也没有故作禅修者的从容淡定。在这个长安城的春日，他只是急不可待地想见到老朋友。

裴迪比王维小十五六岁，两人是忘年交。他们曾一起隐居在终南山，又一起高卧辋川，前后交往约有二十年。王维《赠裴迪》一诗极是深情地写道："不相见，不相见来久。日日泉水头，常忆同携手。携手本同心，复叹忽分襟。相忆今如此，相思深不深。"这样缠绵相思的诗，拿来送给恋人也是未尝不可的。其实，唐人抒写友情，并不像今人这样把友情和恋情分得很清楚。前面讲李白、杜甫，都讲到李杜的友情。杜甫写他与李白同游，"醉眠秋共被，携手日同行"。李白送别杜甫后失魂落魄，说自己"鲁酒不可醉，齐歌空复情。思君若汶水，浩荡寄南征"。其后将近二十年，杜甫写了十多首想念李白的诗，其中饱含深情相思。

现存王维诗作有四百余首，其中三十多首都是与裴迪赠答、唱和之作。而且，王维写得最美的散文就是写给裴迪的信《山中与裴秀才迪书》：

> 近腊月下，景气和畅，故山殊可过。足下方温经，猥不敢相烦，辄便往山中，憩感配寺，与山僧饭讫而去。

北涉玄灞，清月映郭。夜登华子冈，辋水沦涟，与月上下。寒山远火，明灭林外。深巷寒犬，吠声如豹。村墟夜春，复与疏钟相间。此时独坐，僮仆静默，多思曩昔，携手赋诗，步仄径，临清流也。

当待春中，草木蔓发，春山可望，轻鯈出水，白鸥矫翼，露湿青皋，麦陇朝雊，斯之不远，倘能从我游乎？非子天机清妙者，岂能以此不急之务相邀？然是中有深趣矣！无忽。因驮黄檗人往，不一。山中人王维白。

后人欣赏这篇短文，不管是当作散文、小品还是散文诗，都没什么不可以。但当初，其实就是一封写给朋友的邀请信，邀请裴迪春天来辋川。这封信也可不分段落，一气呵成，如行云流水一样自然，后人分作三段，更便于阅读。

第一段作者从腊月的好天气从容说起，看似随意闲聊，却含蓄地表达两个意思：一是这个时节的辋川很值得一游，只是考虑到裴迪正在温习经书，也就不便相邀；二是裴迪不在辋川，只好一人出游，不免有些孤单。一句"与山僧饭讫而去"，隐约流露了寂寥之感。

第二段写离开感配寺后的月夜之游，主要写"夜登华子冈"所看到的、听到的。华子冈是辋川山庄二十景之一，王维有《华子冈》诗："飞鸟去不穷，连山复秋色。上下华子冈，惆怅情何极。"可见地势高，视野开阔，很可能就是辋川的制高点。此夜，王维登上华子冈俯瞰，只见"辋水沦涟，与月上下"，辋水闪着波光，与月光一起上下起伏。往远方看，又见"寒山远火，明灭林外"，那寒山中远远的灯火，在林子外一闪一闪，明灭不定。

作者写月夜所见，先近景，后远景，近景写月下波光，远景写寒山远火，突出夜的亮色，凸显明暗对比。波光月光的"上下"起伏，远方火光的"明灭"不定，让画面更有一种美而神秘的动感。然后，又从听觉来写，"深巷寒犬，吠声如豹。村墟夜舂，复与疏钟相间"。深巷中传来狗叫，叫声响亮如豹。村子里传来舂米声，又与稀疏的钟声交互错杂。王维常把山水之美和田园之美放在一起来写，这个冬夜的田园气息是以犬吠声和舂米声来传达的。钟声当是来自诗人刚刚离开的感配寺，唐代佛寺有半夜敲钟的习惯，所以才会有张继《枫桥夜泊》的名句"夜半钟声到客船"。犬吠声、舂米声和钟声，声音有强有弱，给人的感觉有远有近，出现在作者的笔端，生动逼真，诗意荡漾。

这个冬日的月夜是如此之美，可惜没有好友共赏，"此时独坐，僮仆静默"。一人独坐在华子冈上欣赏夜景，旁边虽有仆人在侧，却是默然无声。于是又想到了裴迪，"多思曩昔，携手赋诗，步仄径，临清流也"。总是怀想着从前啊，那时你我携手同游，赋诗吟咏，沿着窄窄的小路悠然漫步，旁边就是清澈的溪流。这几句话，既是在怀想曩昔，也是在叹惜此时，有话外之音——今夜如有你共赏辋川夜景，该有多好！

信写到这里，也就为春天的邀请做好了铺垫。辋川的冬夜被作者写得那样美，明媚的春天又该如何啊！"当待春中，草木蔓发，春山可望，轻鲦出水，白鸥矫翼，露湿青皋，麦陇朝雊"，等到了春天啊，草木蔓延生长，春天的山景更可以观赏，鲦鱼跳出水面，白鸥鼓翼而飞，露水打湿了郊野的青草地，麦田里的雉鸡在早晨鸣叫。作者笔下的一系列意象都不过是春天常有的事物，只因为寄托了情感，又妙笔生花，就显得美不胜收，处处透出辋川春天蓬蓬勃勃的生机。

看来，这个春天的邀约已经让裴迪无法拒绝了。随后，作者又加了几笔，有期盼，有激将，有叮咛。"斯之不远，倘能从我游乎？非子天机清妙者，岂能以此不急之务相邀？然是中有深趣矣！无忽。"这些春天的景象很快就会到来，你能跟我一起游赏吗？若不是你天性美好出俗，我怎能以这种游山玩水的闲事来邀请你呢？但这辋川的春天真是有很深的意趣啊！可别疏忽错过啊！"倘能""非""岂能""然"，几个连词接连使用，商量中有恳请，婉转中有直率。

最后，以寥寥十余字结尾并署名："因驮黄檗人往，不一。山中人王维白。""黄檗"是一种落叶乔木，树皮可作中药材。"驮黄檗人"是指运载黄檗的人。辋川是远离红尘的幽居之地，没什么邮差，只能托付运载黄檗的人送去此信。至于作者自己，索性自称"山中人王维"。

不过是一封写给朋友的邀请信，王维写得多美啊！他还有一幅描绘辋川的画作，题作《蓝田烟雨图》。可惜我们今天是看不到了，但苏东坡见过，为这幅画写了题跋，其中几句说："味摩诘之诗，诗中有画；观摩诘之画，画中有诗。"现在，我们来看王维写给裴迪的信，完全可以说其文如诗，"诗中有画"，其文如画，"画中有诗"。时当岁末腊月，王维向朋友发出春天的邀请，无论是写眼前的冬景，还是写想象中的春景，都是如诗如画。而且，文中一些画面，譬如说"辋水沦涟，与月上下。寒山远火，明灭林外"的动感，"草木蔓发，春山可望，轻鲦出水，白鸥矫翼，露湿青皋"的色彩感，都是传统水墨画不易表现的。

这样的邀请信，裴迪能拒绝吗？王维的《赠裴十迪》，或许就写在裴迪应约前来的这个春天。全诗从头到尾，溢满春天的喜悦："风景日夕佳，与君赋新诗。澹然望远空，如意方支颐。春风动百草，兰蕙生我篱。暖暖日暖闺，田家来致词：'欣欣春还皋，淡淡水生陂。桃李虽未开，黄莺满芳枝。请君理还策，敢告将农时。'"诗的前六句，写的是与裴迪共享春日时光。傍晚的风景更是美好，激发他们写诗的情致。他们手托着腮帮子，悠然望着远方的天空。春风吹拂着辋川的花草，香草就长在诗人的竹篱之旁。七、八两句，把村舍和农夫带入诗中，后六句以农夫的话赞美春天。读着这样的诗句，可以相信，王维的隐居并不只是为了摆脱一下红尘和俗务，他对山水田园，确实充满了由衷的喜爱。

万念皆寂

—○ 返景入深林

王维年轻时就写过一首题作《桃源行》的长篇乐府歌行，内容完全取材于陶渊明的《桃花源记》。后来他又多次提到桃花源，直到晚年还写诗给裴迪说："悠然策藜杖，归向桃花源。"唐代歌吟桃花源的诗人很多，但很少有人像王维这样，不惜多年心力为自己营造桃花源。王维的桃花源就是辋川，这里是他隐居高卧之地，也是他度假休闲之地，吟诗作画之地，参禅奉佛之地。不过，由于他在朝中做官，忙于公务，真正居住在辋川的日子其实还是有限的。大多时候，他是趁着节假日来的，有时一去一来之间相隔大半年之久。《辋川别业》诗中说"不到东山向一年，归来才及种春田"，应该不是夸张。

天宝九载（750年）年初，王维因母亲过世，遵制丁忧，离朝屏居于辋川，直到天宝十一载（752年）春。他在辋川前后十几年，要说成年累月地居住，就是这三年了。很可能就是在这段漫长又悠闲的日子里，他从容地经营了他的桃花源，于是有了辋川二十景，然后又跟裴迪——题咏，于是有了《辋川集》。

辋川别业不只拥有《旧唐书》所说的"辋水周于舍下"的房屋，更以山水园林取胜。别业是与城里的宅第相对而言，往往有私家园林，坐落在有山有水的地方。中国古代的园林艺术早在春秋战国时期已经开始，发展到魏晋南北朝，私家园林伴随着门阀士族兴盛起来。又因为崇尚老庄的思潮，以及田园诗和山水诗的勃兴，自然山水园林应运而生。到了唐代，园林艺术已经成熟了，一方面因地制宜，巧借自然山水之美，另一方面发挥想象，把诗情画意融合其中。王维是写山水的大师，又是画山水的巨匠，酷爱山水自然，又醉心于园林艺术，经他多年打造的山水园林，必是戛戛独造，非同凡响。

可惜，唐代的别业及园林全都烟消云散了，王维的辋川别业也未能例外，但他留下了《辋川集》。辋川别业有二十景，王维和他的好友裴迪各赋五绝一首，总共四十首。王维作序说："余别业在辋川山谷，其游止有孟城坳、华子冈、文杏馆、斤竹岭、鹿柴、木兰柴、茱萸沜、宫槐陌、临湖亭、南垞、欹湖、柳浪、栾家濑、金屑泉、白石滩、北垞、竹里馆、辛夷坞、漆园、椒园等，与裴迪闲暇，各赋绝句云尔。"想来是引以为傲吧，就这么简短的序言，王维却不惜笔墨，把辋川二十景一一罗列出来。从景点的名字来看，真正有建筑的只有文杏馆、竹里馆和临湖亭，其余应该都是因地制宜，巧借自然山水之美。不过，"巧借"不是原封不动，以王维的艺术匠心和禅理禅趣，肯定还施展了经营园林的技巧。譬如说，深知"返景入深林，复照青苔上"妙趣的王维，会不会在他的园林摆放一些长满青苔的怪石？吟出"独坐幽篁里，弹琴复长啸"的王维，会不会让他的竹林疏密有致，好让明月的清辉洒入其间？写下"木末芙蓉花，山中发红萼"的王维，会不会把他的辛夷花树修剪出美丽的姿态？

关于辋川二十景的园林艺术究竟如何，就只能交给遐想了。好在每一景都留下王维的歌咏，我们就从《辋川集》中挑选其中最有名的三首欣赏一下。先说第五首《鹿柴》：

空山不见人，但闻人语响。

返景入深林，复照青苔上。

诗中有山，有人，有夕照，有深林，从其中任何一个角度挥洒开来，可写的都太多了，但诗人偏往极细微的地方下笔。前两句中，写山只写其"空"，写人只写"人语响"，"空山"与"人语响"之间，构成了很奇妙的诗意。其一，正因为空旷的山野万籁俱寂，才听得到人和人的说话声。其二，山野里悄无声响，亦无人影，却听见"人语响"，以有声反衬无声，更让人感到静寂。其三，"人语响"之后，山野复归于静寂，愈显其"空"。常常隐居在山野禅修打坐的王维，最能领略山野的"空"，这种以"人语响"反衬"空山"的手法，应该得益于久居山野的真实体验，也得益于音乐家对声响的艺术敏感。

后两句中，有三个意象："返景""深林""青苔"。三者之间，构成了空灵静美的画面，蕴含着不可言说的禅趣。上句"返景入深林"，在两个意象之间仅一个"入"字，画面就很美了。"返景"同返影，指落日的余晖。傍晚的深林是幽暗的，夕照斜斜映入，一缕一缕的光线与深林形成强烈的明暗对比。下句"复照青苔上"，偏把特写镜头打在人们最容易忽略的地方。"青苔"长在阴暗潮湿之处，之所以能在深林中生长，就因为密集的树木遮住了日光的强射。此时的阳光是落日暗弱的余晖，只因为斜斜映入，才能照到翠绿的青苔上。"复"是又的意思，用在这里，有时间的变化。如果把"返景"映入"深林"、照在"青苔上"看作是同一时间，自是未尝不可。但诗人的用意似乎不止于此，他想传达的是，落日的余晖映入幽暗的深林，随着夕阳西下，光线照射的角度和亮度不断变化，最后"又"把一抹斜阳照到了青苔上。如果没有修禅者静谧的心境，就很难写出这样微妙的诗句。

这首小诗表现的是带着禅意禅趣的空寂幽静。"空山不见人"，起笔就是寂无人影的空寂大山。"但闻人语响"，以动衬静，越发显得空寂。"返景入深林"，凸显的是空寂幽静的景致。"复照青苔上"，更把空寂幽静写到了极致。

二十世纪九十年代初，我客居东京，曾经看过一个日本画家的画展。那幅画有空山、深林、夕照，还有夕照下的青苔，一望便知取材于王维的《鹿柴》。后来看日本园林，大凡是禅宗庭院，都少不了翠绿色的苔藓景观。位于京都市的西芳寺，以一百多种青苔闻名遐迩，我曾经慕名前往，未能如愿。因为青苔最怕人迹践踏，甚至连游客的呼吸都有些忌讳，所以寺内参观人数有严格限制。青苔与世无争，低调生长，甘于空寂幽静，好像与生俱来就带着禅趣。

《辋川集》第十七首是《竹里馆》。与《鹿柴》的空寂幽静不同，《竹里馆》充溢着回到大自然的喜悦。

独坐幽篁里，弹琴复长啸。

深林人不知，明月来相照。

诗中所表现的，不只是雅兴，更有一种逸兴。在山野之夜"独坐幽篁里"，这样的情境高雅脱俗，却未免有些清冷孤单了吧？但诗人要的是自由自在，在这里，他远离了京城的喧嚣嘈杂、朝堂的波诡云谲、公务的案牍劳形，还有俗世生活中纠缠不休的琐事和应酬，他尽可以释放自己，无拘无束了。他"弹琴复长啸"，抚琴弹奏，又引吭长啸，好不惬意自适！

可是，一个人独坐在幽深的竹林里，又是"弹琴"，又是"长啸"，有谁去听？这里不是京城长安，他的音乐演奏、画作、诗作、书法，甚或几句哲理禅机的解悟，总能赢得他人的喝彩。这里只有山水草木，鸟兽虫鱼，头顶只有星空和明月。世人不知，又有何妨？"深林人不知，明月来相照。"那一轮皎洁的明月，似乎听得懂他的琴声与啸声，把如水的光华洒到他的竹里馆。一个"来"字，把明月拟人化了，知心好友一样的亲切融洽。

在古代诗歌中，"弹琴"多是雅士、隐士的高雅之举，"长啸"常让人想到志士的激情抒发，诗人却是"弹琴复长啸"。原来，月下弹琴的雅士，也有激情洋溢的时候，他可以高歌长啸，也可以逸兴遄飞地说"明月来相照"。今夜的明月，不是他应皇帝之命写应制诗的月亮，也不是与众僚应和唱酬的月亮，今夜的明月是倾听他琴声和啸声的月亮，是他一个人的月亮。他与天地自然融合在一起，心无挂碍，神清气爽，逸兴随之而来。可以说，在清幽绝俗的氛围中，却表现出逸兴和激情，也是这首小诗吸引人的原因之一。

《辋川集》的第十八首是《辛夷坞》。"坞"是地势周围高中央低的地方，"辛夷坞"当是辛夷花盛开的一块低地。诗中说"涧户寂无人"，可见这块地位于山涧之旁。请看这首小诗：

> 木末芙蓉花，山中发红萼。
>
> 涧户寂无人，纷纷开且落。

"木末"指树梢，"芙蓉花"喻指辛夷花。辛夷花分白紫二色，今天通常把白色的叫白玉兰，把紫色的叫紫玉兰。紫色辛夷花像芙蓉一样花瓣硕大，颜色美艳，开在树梢顶端，所以诗人说"木末芙蓉花"。这样娇美的花"山中发红萼"，藏在山野幽谷，在空旷的大山里绽放。

有了前两句，按照一般写法，后两句要么歌咏辛夷花的美丽脱俗，要么赞美辛夷花的与世无争，诗人却把笔墨突然一转写道："涧户寂无人，纷纷开且落。"山涧里空寂无人，辛夷花纷纷盛开，又纷纷坠落。"涧户"是指山涧两侧的岩石像门户一样相对，这里就是指山涧。诗的第二句刚说"山中发红萼"，第四句就说"纷纷开且落"，这当然不是一瞬之所见，一日之所感。辛夷花的花期有两个月左右，不像樱花之类的那样短暂，边开边落。诗人写辛夷花"纷纷开且落"，首先是以夸张的手法突出感觉，强调时间的飞逝。

但此句的寓意，远不止于此。想想看，在空寂无人的岩谷山涧，辛夷花自开自落，自生自灭，这是怎样的意境，又是怎样的禅境？胡应麟说得好，他说这是"入禅之作"，"读之身世两忘，万念皆寂"。

在佛家看来，花有开落，人有生死，没什么不同，一切都是自然的、随缘的。但从世人角度来看，人的生与死是天大的事情。就连有名的永嘉玄觉禅师在初见六祖慧能的时候，也忍不住感叹一声"生死事大，无常迅速"。慧能告诉他："何不体取无生，了无速乎？"你为什么不体会一下"无生"，以此来通达明白你所说的"无常迅速"？

"无生"是佛教用语，意思是没有生灭，不生不灭。王维认为，人在无情岁月面前，只有懂得了"无生"，才能走出生死的困扰。他的《秋夜独坐》一诗说："独坐悲双鬓，空堂欲二更。雨中山果落，灯下草虫鸣。白发终难变，黄金不可成。欲知除老病，唯有学无生。"《叹白发》一诗说："宿昔朱颜成暮齿，须臾白发变垂髫。一生几许伤心事，不向空门何处销。"两首诗都是伤叹岁月的流逝，生命的短暂，强调的都是从佛教中找到解脱。如果说"雨中山果落，灯下草虫鸣"，是在渲染生命消歇的悲凉，好为末两句"欲知除老病，唯有学无生"做铺垫，那么《辛夷坞》的"涧户寂无人，纷纷开且落"，本身就是以象征性的画面和富有禅意的暗示，微妙传达对"无生"的解悟。

刹那顿悟

○ 月出惊山鸟

近体诗中，五言绝句最为短小，总共二十个字。恰是因为最短小，要想写出吸引人的作品，更为不易。王维是语言天才，又是画家、音乐家，深谙艺术上画龙点睛之妙，而且，他对短小精警的佛偈禅悟深有领略。这使他在五绝创作上得心应手、出神入化，写出不少炉火纯青的绝作。

王维写五绝，往往是刹那间的所悟所感，这跟他信仰南禅宗应该颇有关系。"刹那"原本是古印度佛教术语，表示一念之间、极短的时间，唐朝高僧法藏说："刹那者，此云念顷，于一弹指顷有六十刹那。"南禅宗讲顿悟，顿悟就在一刹那，六祖慧能说："迷来经累劫，悟则刹那间。"意思是说，人陷入迷惑，就像是经历多番劫难，幡然醒悟却是在一刹那之间。

前面我们欣赏了王维的《辛夷坞》，由此说到禅悟。王维还有一首题作《鸟鸣涧》的小绝句，很像《辛夷坞》这首诗，同样让胡应麟"读之身世两忘，万念皆寂"，却并非出自《辋川集》。此诗属于组诗《皇甫岳云溪杂题五首》的第一首，是为好友皇甫岳的云溪别业题写的。从组诗的其余四首来看，云溪别业当在江南一带。王维未必去过云溪，很可能是皇甫岳先描述了他的云溪五景，然后请王维一一题写。王维发挥想象，驱遣妙笔，其中渗透着他个人的体验。就说这首《鸟鸣涧》吧，让人从中看到的是王维自己禅修打坐的侧影。

> 人闲桂花落，夜静春山空。
> 月出惊山鸟，时鸣春涧中。

禅道讲静悟，在静、定中领悟。王维在禅道修行上浸淫很深，最善于营造静谧的氛围和意趣。你看这首小诗，每一句都透着静谧。

首句说"人闲桂花落"。别看这简简单单五个字，如果没有禅修的体验，也许就想不到把"人闲"和"桂花落"放在一句之中。桂树高大茂盛，花瓣却极是细小，纵是白天，能有几人留意到桂花的坠落？但此时的禅修者处在很娴静的状态，他连桂花的坠落也察觉到了。第二句说"夜静春山空"。"静"

是春山之夜的万籁俱寂，也是禅修者内心的一片宁静。"空"是春山之夜的空寂无人，也是禅修者内心的无欲无念。前两句十个字，写出了一个静美的春山之夜，也写出了禅修者的奇妙体验。

第三句说"月出惊山鸟"，以动写静。月亮无声无息地升起来，怎么会惊动山鸟？那是因为月亮一出，清辉满野，皎洁如雪，光线的迅速变化惊动了山鸟。却原来在这空旷的山野，能惊动山鸟的是月色，春夜的静谧也就不言而喻了。第四句说"时鸣春涧中"，以有声写无声。山鸟惊飞，在寂然无声的春夜山涧发出鸣叫，偶尔一声两声，愈加反衬出春山之夜的静谧。三、四两句都是从"山鸟"下笔，意境之美，禅悟之妙，俱在其中。

王维信仰南宗禅，南宗禅的精髓是顿悟。《鸟鸣涧》的前两句中有"闲""静""空"三字，佛教的修行正是由"闲"而入"静"，由"静"而生"空"。后两句写山鸟惊飞，"时鸣春涧"，让人凛然一醒，就像顿悟的那一刹那。

还有一些王维的五绝，并非一刹那间的禅悟，却是一刹那间的感受。王维极善于捕捉这一刹那间的感受，并以空灵之笔表现出来。譬如说这首《山中》诗：

荆溪白石出，天寒红叶稀。

山路元无雨，空翠湿人衣。

很多人读这首诗，第一个感觉是色彩很美，像一幅画。苏东坡说"味摩诘之诗，诗中有画；观摩诘之画，画中有诗"，然后就列举了这首诗。

诗中的"山"不知是什么山，但"荆溪"源出蓝田县西南的秦岭山脉中，距离辋川不远。王维这次山行，有可能是从他的辋川别业出发的。时值秋末冬初，诗人沿着山路而行，山路沿着溪流蜿蜒。正是水落石出、霜叶凋零的季节，山涧的溪流潺潺流淌，磷磷白石露出了水面，天气寒冷了，山坡上的红叶只剩下零零星星的几片。"荆溪白石出，天寒红叶稀"两句，抓住了山野风景中亮眼的色彩，也抓住了秋末冬初的典型特征。

令人叫绝的是后两句——"山路元无雨，空翠湿人衣"。"元"同"原"，本来之意。"空翠"在这里的意思有些难以言传，有种解释是青色的潮湿的雾气。然则，雾气怎么会是青色的？如果身临其境地设想一下，就不能不想到那漫山遍野的绿色植物。秋末冬初的秦岭，溪流是水落石出了，红叶是凋零稀少了，但还有青松翠柏、青苔翠竹。淡淡的白雾缭绕在郁郁葱葱的绿色山野，绿色好像浸染了白雾，看上去不就是一片空翠吗？又因为诗人被一片空翠所包裹，潮湿的雾里本来就带着水气，空明的翠色简直是青翠欲滴，于是便觉得身上的衣服都要被沾湿了。

张大千曾经以"山路元无雨，空翠湿人衣"作为题跋，画过一幅泼墨泼彩山水画，画面上，只有山间一条沿溪蜿蜒的山路和峰顶一些松柏清晰可辨，其余部分都是大片大片的浓墨重彩，主色调就是缭绕在山间的"空翠"之色。不仅是这幅画，如果打开张大千的画册，你会发现他的"泼墨泼彩"多有"空翠"之色。有人说，张大千的泼墨泼彩画成熟于二十世纪六十年代，当时张大千正旅居美国，因此受到了立体派毕加索和抽象派的影响，甚至把他的泼墨泼彩画看作是抽象画。其实，张大千的了不起恰在于广采博取，转益多师。王维的画作真迹是看不到了，但他的诗作里有画家的匠心，一句"空翠湿人衣"触发了张大千的灵感。印象派大师莫奈和凡·高对于张大千未必有深刻影响，但他们的画作都有一个明显的特征，那就是喜欢以强烈的色彩突出表现主观精神感受。莫奈醉心绿色，凡·高钟爱黄色，张大千常用青绿色，他们偏好的颜色不一样，绘画技巧各有千秋，但艺术的感觉与匠心，往往会横跨时代和疆域之所限，超越形式之分和流派之别。王维远在唐代，能写出"山路元无雨，空翠湿人衣"这样的诗句，实在是难能可贵。

回头再看前边所欣赏的一些王维诗作，可以说他的"诗中有画"，体现在线条、光影、水墨、色彩等各个方面。"大漠孤烟直，长河落日圆"，这是线条之美；"明月松间照""返景入深林，复照青苔上"，这是光影之美；"江流天地外，山色有无中"，这是水墨之美；"日落江湖白，潮来天地青"，这是色彩之美。"山路"两句，不只是色彩之美，"空翠"是视觉，"湿人衣"

是触觉，诗人巧妙地把视觉、触觉和感觉融合在一起，而且以强烈的色彩突出表现了刹那间的主观精神感受。

另一首五言绝句《书事》，跟《山中》诗有异曲同工之妙。

> 轻阴阁小雨，深院昼慵开。
>
> 坐看苍苔色，欲上人衣来。

诗题叫作"书事"，意思是写点儿眼前偶然间的所见所感。这一天天气很平常——"轻阴阁小雨"，天色微阴，连绵不断的小雨暂且停了。"阁"同"搁"，搁置，这里是暂停之意。这一天诗人的日子也很平常——"深院昼慵开"，大白天独自待在深院，懒得去打开院门。他没有来客等待，也没有出门的冲动，没什么烦心事儿，也没有什么开心事儿。

青苔吸引了他，他在院子里坐下来，"坐看苍苔色"。惯于幽居的他，住在幽静的深院，平日鲜有人来，苔藓在院子里到处生长。此时是阴天，又是雨后，带着雨水的青苔一片生机，爬在树身上、石头上、台阶上，绿茸茸的，鲜嫩，清新，亮眼。恍惚之间，只觉得这满眼的青翠"欲上人衣来"，简直要扑到他的衣服上了。

青苔是到处蔓延极不起眼的植物，长在阴暗潮湿不起眼的地方，王维却总能从中找到精警新奇的诗意。前面说过，他的"返景入深林，复照青苔上"写的是落日的余晖映入幽暗的深林，随着夕阳西下，又把一抹斜阳照到了青苔上，就这么十个字，写出了空灵静美的画面，也写出了不可言说的禅趣。而这里的"坐看苍苔色，欲上人衣来"，也是十个字，描绘了另一种风景，传达了不同的妙趣。这里的青苔不是被阳光所照，而是鲜亮到几乎可以照人的程度。连绵小雨让青苔疯长，雨后的湿润又添加了青苔的鲜嫩，阴暗的天色也反衬了青苔的亮色，因此才让诗人在刹那间的恍惚中，产生了青苔的亮色"欲上人衣来"的错觉。

《鹿柴》写在诗人隐居的辋川，《书事》更像是写在长安的家中。《鹿柴》的意境像是禅定时的静谧，打坐后的禅悟，《书事》的意境更像是日常生活中的慵懒、娴静和淡雅。在这个很寻常的日子，小雨只是暂停，天气阴阴的。对常人来说，一个人待在深院，又是这种天气，不免感到烦闷，但诗人照旧关闭他的家门，闲散自得。苔藓是常人不喜欢的，诗人却被它可爱的亮色所吸引，静坐在那里欣赏。我们从这首诗看到的王维，正是长安日常生活中也能拥有一份宁静的王维。

性情摩诘

○ 江南江北送君归

由于茫茫大海的阻隔，让唐朝人觉得世界上最远的国度就是日本了。储光羲年轻时在东都太学求学，曾给刚刚完成学业的日本人晁衡写了一首诗，头两句说："万国朝天中，东隅道最长。"多年后，王维为即将回国的晁衡赋诗送别，也感叹说："九州何处远，万里若乘空。"储光羲的诗意是，世界各国的人都来天下正中的洛阳朝见，东边的日本路最漫长。王维的诗意是，九州离哪里最远，相隔万里的日本就好像远在天边一样。正因为如此，在当时来说，横渡中日两国之间的茫茫大海，是相当冒险的壮举。

唐人东渡日本，最有名的莫过于鉴真和尚。日本人来大唐，最有名的大概就是晁衡了。晁衡之所以出名，主要是因为李白、王维和储光羲等人的诗。鉴真和晁衡，应该也是认识的。鉴真东渡，前五次都失败了，第六次踏上的是由晁衡率领的帆船。天宝十二载（753 年）十月的一天，当他们从苏州扬帆出发的时候，面对着前方随时可能发生的海上风暴，一个抱着远赴日本弘扬佛法的坚定决心，一个怀着回到久别故土的强烈渴望。那首在日本广为流传的和歌《三笠山之歌》，就是晁衡的诗：

> 翘首望东天，神驰奈良边。
> 三笠山顶上，想又皎月圆。

晁衡是汉人名字，他的日本名字是阿倍仲麻吕。像李白、王维一样，他年轻时也以才华横溢、风度翩翩而出名，储光羲就说他"吾生美无度，高驾仕春坊"。意思是说，我的这位同辈无比帅气，年纪轻轻就在太子宫府的左春坊做官。晁衡二十岁时作为遣唐留学生渡海来唐，几年后在唐参加科举，考中进士，及第后在洛阳左春坊担任校书郎。大约在四十岁时，晁衡得到唐玄宗的赏识，仕途顺遂，官至秘书监。到了天宝十二载，晁衡来唐已经快四十年了，思乡心切，决定返日。王维的《送秘书晁监还日本国》就写在这个时候。

积水不可极，安知沧海东。

九州何处远，万里若乘空。

向国唯看日，归帆但信风。

鳌身映天黑，鱼眼射波红。

乡树扶桑外，主人孤岛中。

别离方异域，音信若为通。

全诗十二句，每四句一个层次。前四句是对日本国的想象，这正是唐人心目中那个远在沧海以东的日本。中间四句是对帆船渡海的想象。船行海上，自然要有明确的方向，自然要借助顺风好风。但奔向日本只能朝着日出的东方——"唯看日"，返回故土的帆船只能听凭海风的驱遣——"但信风"。本来就已经危险重重，生死未卜，还有巨大而可怕的鳌和鱼出没在惊涛骇浪中，"鳌身映天黑，鱼眼射波红"。大鳌的身影硕大无朋，把天空都遮蔽了，映黑了，巨鱼的眼睛红光四射，把波浪都照红了。借助于神话传说中的"鳌"，诗人渲染出一个光怪陆离又诡异恐怖的海上世界。

直到后四句，诗人才直言抒发离情别意。"乡树"指乡间树木，"主人"指日本的国王，"若为"是怎样的意思。后四句是说，在晁衡的故土，乡间树木比神话中的扶桑还要遥远，纵然是一国之君，也同样住在孤岛上。这是一个迥然有别于大唐的异国他乡，他跟我分别之后就是天各一方，怎么可能像从前一样互通音信。

送别诗通常是直言抒情或借景抒情，句句绕着离情下笔，王维的这首诗却将笔墨泼洒开来，不落窠臼，从容大气。虽然如此，不论是前四句写日本的遥不可及，还是中间四句写帆船渡海的危险恐怖，处处都透露出对晁衡渡海归国的担忧。如此一来，自然就为后四句离情的表达平添了非同寻常的分量。这正是大家手笔，能放能收，收放自如。

王维牵挂晁衡的安危，担心他在海上遭遇不测，但最后以"别离方异域，音信若为通"来结尾，却也隐含着对晁衡平安回到日本故土的预祝。然而，晁衡的船队行至琉球一带的海域，被一场险风恶浪冲散了。鉴真所乘的船，以及其余两艘先后抵达日本，晁衡所乘的船却失去下落。李白当时在江南，也惊闻噩耗，写了一首悼亡诗：

> 日本晁卿辞帝都，征帆一片绕蓬壶。
> 明月不归沉碧海，白云愁色满苍梧。

"蓬壶"和"苍梧"都是传说中的山，前者指海上三神山中的蓬莱和方壶，后者指东北海中的郁州山，相传郁州山远自苍梧飞来。"明月"是李白最喜欢的意象，他的许多名句都与明月有关。这里以"明月"喻指才高品洁的晁衡，以"明月不归沉碧海"喻指晁衡海上遇难，在痛惜的同时也赞美了晁衡。

全诗除了第一句是实写，其余三句都是带有象征性的凄清美丽的画面，化实为虚，引人联想。

说来真是传奇！李白为晁衡写了悼亡诗，却不知他仍然活着。王维为晁衡写了送别诗，以为他一去不归，却没想到他又重返长安。原来，晁衡随船漂流到了安南驩州（今属越南），不久又遭遇盗贼的袭击，最终在天宝十四载（755年）奇迹般返回长安。就在这一年岁末，安史之乱爆发了。其后十余年，晁衡又先后得到唐肃宗和唐代宗的重用，官至光禄大夫。大历五年（770年）晁衡去世了，埋骨唐土，葬于长安。

王维存诗不多，其中却有不少送别诗。前面说过，相比于李白、杜甫，王维显得没那么热烈，他的那些"入禅之作"更让人"读之身世两忘，万念俱寂"。但他其实也是侠骨柔肠的性情中人。他有不少好友，盛唐时代有名的山水田园诗人，几乎都活跃在他的周围。情感的丰富与细腻，对于优秀诗人来说是必不可少的。唐代诗人中，要说写送别，写相思，表现亲情友情的，当然是李白、杜甫和王维写得最好。

仅就送别诗而言，心忧天下的杜甫较少写纯粹的离情别意，他的这类诗常是感时伤世，一唱三叹。直抒胸臆的李白更倾向于表现自己的情感，唐诗中很少出现的"我"，却多次出现在他的笔下："桃花潭水深千尺，不及汪伦送我情。""我寄愁心与明月，随风直到夜郎西。""弃我去者昨日之日不可留，乱我心者今日之日多烦忧。"含蓄委婉的王维总是从对方去设想，或者从对方前往的地方去展开想象。《送秘书晁监还日本国》就有这样的特点，再看他的五言律诗《送梓州李使君》：

> 万壑树参天，千山响杜鹃。
>
> 山中一夜雨，树杪百重泉。
>
> 汉女输橦布，巴人讼芋田。
>
> 文翁翻教授，不敢倚先贤。

诗的前六句，看似与送别李使君毫无关系，写的只是诗人所想象的梓州的风景和风土。但也恰是因为跳出了送别时常见的写法，诗人才能在这里酣畅淋漓地挥洒大笔。

梓州是巴蜀重镇，区域辽阔，山多林密。诗人切合这个特点，起笔就是一幅壮丽的写意山水图："万壑树参天，千山响杜鹃。"诗人的想象如鹰高飞，盘旋在梓州大地的万壑千山，但见重峦叠嶂，连绵无尽，林木参天，负势争高，又有杜鹃啼鸣，前呼后应，响声四起。短短十字，有视觉，有听觉，景象开阔，气势磅礴。准备前往梓州上任的李使君只看这首联两句，当已精神一振。

梓州雨水丰沛，诗人由此写出颔联："山中一夜雨，树杪百重泉。"律诗不是忌讳用字重复吗？但他在这里故意以上句承接上联第二句的"山"，以下句承接上联第一句的"树"，连贯而下，一气呵成。同时，他又巧妙地利用了远处景物会在视野中交织重叠的错觉。树梢本身不可能有泉水，更不可能有百泉流淌，但人从林子里纵目四望，但见一道道悬崖飞流从一个个树梢上倾泻而下。颔联虽写视觉景象，却让人恍若置身其间，连夜雨声飞瀑声也似有所闻，连水气湿气也似有所感。李使君读诗至此，当已神驰千里，人在梓州。

梓州是一个汉人和其他少数民族杂居的地方，山多田少，橦布和芋头都是梓州的特产。诗人由此写出颈联："汉女输橦布，巴人讼芋田。""橦布"是橦木花织成的布，"芋田"是产芋的农田，巴人以芋头作为主食。这两句看起来只是写民情风俗，但写给李使君就有深意了。因为李使君将去梓州担任最高地方长官，他应该知道梓州百姓的艰辛不易。那里的汉女为了纳税辛劳织布，那里的巴人因为地少诉讼争田，都是为了最基本的生存。在这种自然条件极为有限的地方，地方长官能否秉公执法，能否做出政绩，对于当地百姓来说事关重大。

写到尾联，总该提及李使君了吧！"文翁翻教授，不敢倚先贤"，文翁是西汉景帝时蜀郡的郡守，重视教育，举荐贤能，兴修水利，让巴蜀文化为之改观。"翻教授"的意思是翻新教化。诗人在诗的末尾劝勉李使君，希望他像文翁一样翻新教化，建立政绩，而不是倚仗先贤留下的功德无所作为。

回头再看前六句，看似与送别李使君无关，细品起来却明显包含着临别前对李使君的勉励。诗人无异于在说，那是一片辽阔、雄浑、壮美的大好山水啊！那里有许多百姓等着你除旧布新，公正为官。诗人既跳出了送别诗的套语套式，尽情想象，尽兴挥洒，又把殷切的劝勉之意蕴含其中，自出机杼，戛戛独造，在同类题材中别树一帜。

王维还有一首很短小的送别诗，也很别致，叫《山中送别》：

> 山中相送罢，日暮掩柴扉。
> 春草明年绿，王孙归不归？

"王孙"可以指隐居之人，也可以指朋友，这里的"王孙"很可能是两者兼有。这首五绝，没有时间、地点，也没有明确的人物，只知道是某年春天，某个黄昏。诗人不写送别的难分难舍，第一句就把朋友送走了。第二句说自己回到了山中居所，在黄昏时分就把柴门关起来了。话说得极淡，却透出朋友走后深深的寂寥。后两句也没有浓烈的离情抒发，只淡淡地问："春草明年绿，王孙归不归？"语气越是平淡，藏在背后的感情就越是含蓄，让人回味的感觉就越是绵长。

《山中送别》很容易让人想起王维的另一首五绝：

> 君自故乡来，应知故乡事。
> 来日绮窗前，寒梅著花未？

这首五绝是《杂诗三首》中的第二首。前两句浅白极了，

"故乡"二字的有意重复却带着深情。按理说故乡来人了，他肯定知道不少关于故乡的事情，但诗人不问家人，只问梅花："来日绮窗前，寒梅著花未？"就这么轻轻的两句，画面感来了，把人的想象牵引到绮窗前那一树风中摇曳的寒梅。含蓄感也来了，让人不禁去想，这个连故乡梅花也念念不忘的游子，此时有多么思念他的故乡啊！轻轻的一声问候，传达出浓浓的乡愁和相思。

含蓄，细腻，善于从对方的角度去想象，去感受，这应该也与王维与生俱来的个性有关。不过，他的送别诗中也有直接抒发情感的诗作。譬如说他的七言绝句《送沈子福归江东》：

> 杨柳渡头行客稀，罟师荡桨向临圻。
> 惟有相思似春色，江南江北送君归。

前两句写临别情景。"罟师"本指渔人，这里指船夫。"临圻"指临近岸边之地，这里指长江东岸。在杨柳依依的渡口，过往匆匆的行客只剩下稀稀疏疏几位了，沈子福不得不踏上船只，与诗人惜别。艄公荡起船桨，朝着江东岸边划去。后两句以眼前景取譬，妙手偶得，神韵天成。诗人送别朋友时正逢春日，大江南北，绿意无限，于是他把自己无尽的相思比作江南江北的无边春色，又让这无边春色送朋友一路回乡。

王维虔诚信佛，在佛教看来一切都是虚幻的，王维诗中最喜欢用的"空"字就大都含有这个寓意。然而，敬佛修禅者并非无情，诗佛王维又是一个笃于亲情友情的人。这其实并不奇怪，远的不说，民国时期的弘一法师和苏曼殊就是情感丰富的诗僧。如果说"还卿一钵无情泪，恨不相逢未剃时"的苏曼殊与王维性情迥异，那么，"一音入耳来，万事离心去"的弘一法师就跟王维颇有几分相像了。有趣的是，现代史上传得最广的离别之歌是弘一法师的《长亭外》，古代史上唱得最久的送别之曲"阳关三叠"来自王维的诗，这首诗就是《送元二使安西》。

阳关三叠

——〇 西出阳关无故人

登山临水，打坐修禅，常会让人想到王维的诗。走丝绸之路，也容易让人想到王维的诗。这不只是因为他的千古名句"大漠孤烟直，长河落日圆"，还因为他的七绝《送元二使安西》：

> 渭城朝雨浥轻尘，客舍青青柳色新。
> 劝君更尽一杯酒，西出阳关无故人。

绝句的神韵，往往在后两句。尤其是这首诗，后两句让上千年的人们在咏唱时都会重叠三次，所以被称作"阳关三叠"。不过，绝句前两句的铺垫和蓄势也很重要。"渭城"两句，不仅把送别的时间、地点、天气和风景自然地点出来了，更为后两句渲染了场面，酿足了气氛。

"渭城"在渭水北岸，长安西北，本是秦都咸阳，汉武帝改称"渭城"。唐人离京远行，往东出了城必经灞桥，往西出了城必经渭城，这两个地方就成了亲友送别之地。"客舍"指旅馆，这里当是指渭城驿的驿馆。这是一个刚刚下过雨的早晨，为什么诗人一大早就出现在渭城驿馆？他应该不是大半夜从长安赶来的，而是昨日就把元二送到了渭城驿。一夜过后，元二要趁早赶路，恰逢渭城的好天气。早晨下了一场短暂的雨，湿润了路面上的尘土，起程的路途没有日晒下的尘土飞扬，也没有大雨后的泥泞不堪。天气也晴朗了，驿馆旁边的杨柳经雨水冲洗，翠绿清新。古人有折杨柳送别的习俗，满眼的"青青柳色新"，也在提醒着诗人，到了不得不分手的时刻。

可是，就此一别，何时才能相聚？在饯行宴席上，诗人借着劝酒，总希望延长一点儿此时相聚的时光。"劝君更尽一杯酒，西出阳关无故人"，再干了这杯酒吧，你出了阳关，就再也见不到老朋友了！古代的山川地理跟今天没什么两样，盛唐的版图比今天的中国还要辽阔，但那时的人们哪里有今天便利的交通。况且，即将分手的元二要"西出阳关"，前往那个对当时人来说遥远的西域。"阳关"是位居河西走廊最西端的关卡，出了阳关就进入西域。自从汉武帝建立河西四郡以来，河西走廊就已经不断汉化、农耕化，但西域仍然是汉人稀少的地方，民族构成和风土人情都与内地迥然不同。诗人自己曾经出使凉州，到过武威，武威地处河西走廊的东端，距离中原并不遥远。尽管如此，他那首《使至塞上》已经把边塞风光写得很苍凉了。元二出使安西都护府，当时都护府的治所在天山脚下的龟兹，距离渭城有六千里之遥。从渭城到武威，只走了从渭城到阳关的一半路程，而从阳关到龟兹，还有两三千里。所以沈德潜说："阳关在中国外，安西更在阳关外。言阳关已无故人矣，况安西乎？"

分手在即，元二要出阳关，赴西域，到安西，这非同寻常的远行，当能触发诗人更多的感觉，但作为送别诗，最重要的还是要有灵感与情感。诗人曾经写过一首题作《送刘司直赴安西》的五言律诗："绝域阳关道，胡沙与塞尘。三春时有雁，万里少行人。苜蓿随天马，葡萄逐汉臣。当令外国惧，不敢觅和亲。"这一首也是送别诗，被送者也是前往安西都护府，诗中也写到阳关，但比起《送元二使安西》要逊色很多。你可能会觉得这首诗也是一首不错的诗，却无法被它打动。因为从这首诗中，读不出深挚的送别之情，也读不出很特别的地方。《送元二使安西》就不一样了，前两句虽是写景，离情已荡漾其中，后两句抓住劝酒的瞬间，借酒抒发，一下子就唤起我们内心深处的感动。

王维的诗能以禅理禅机的解悟，以及画家和音乐家对视觉和听觉的特有感受，创作出常人想不到、写不出的绝妙诗句，也能从寻常生活中提炼出常人想表达却说不出的绝妙诗句。前面说过，少年王维就写出了"每逢佳节倍思亲"。这实际上是人类共有的情感和体验，却从来没有人写出来。这种情感经他一写，竟被人人引用。"劝君更尽一杯酒，西出阳关无故人"这两句，无论是从劝酒场面还是从劝酒话语来看，其实在许多人的记忆中都不难寻找，但只有王维写得这样感人至深又让人回肠荡气。清代赵翼《瓯北诗话》评论说："人人意中所有，却未有人道过，一经说出，便人人如其意之所欲出，而易于流播，遂足传当时而名后世。"又说这两句诗"至今犹脍炙人口，皆是先得人心之所同然也"。

正因为说出了离别之人最想说的话，这首诗成为流传最广的诗作之一，由此谱写的歌曲也成为流传最久的歌曲。据唐代笔记小说《大唐传载》的记载，王维这首诗问世不久，就由音乐家李鹤年谱曲，入乐歌唱，叫作《渭城曲》。中唐的刘禹锡、白居易和晚唐的李商隐，各自在不同的场合听到《渭城曲》，分别写下了"更与殷勤唱渭城""听唱阳关第四声""断肠声里唱阳关"的诗句。后来，宋人把《渭城曲》改作《阳关三叠》，明清人又改作琴曲。上下千余年，大凡有点儿经济条件的中国人，每到送亲别友之时，往往设筵饯行，请人演唱演奏，酒过三巡之后，或吟或唱或听，都少不了"劝君更尽一杯酒，西出阳关无故人"两句诗。

很难说清楚这首诗具体的创作时间,但可以肯定的是创作于天宝十四载(755年)安史之乱爆发之前。因为安史之乱爆发后,吐蕃趁机占领河西走廊,阳关之内也已是烽火四起,丝绸之路从此就不那么畅通无阻了。盛唐之后,古人"唱阳关"唱了上千年,但真正去过阳关的人是少之又少。但因为它在汉唐帝国强盛时代扼守着丝绸之路南路,又因为王维这首诗,阳关在中国人心目中就像一个流光溢彩的丰碑。而那个与阳关相距只有几十来里、扼守丝绸之路北道的玉门关,同样也因为王之涣、王昌龄、李白等盛唐诗人的诗句,成为中国人不可磨灭的记忆。

"黄河远上白云间,一片孤城万仞山。羌笛何须怨杨柳,春风不度玉门关。"这是王之涣的《凉州词》。头一句借着远望黄河所来之处,把画面拉到大西北白云深处。第二句再来一组强烈对比的画面,以"一片孤城"突出"万仞山"的高大、冷峻,以"万仞山"突出"孤城"的孤独、矮小。戍边的将士就守卫在这苦寒之地,只能从《折杨柳》的羌笛声中感受一点儿春天的气息和家乡的温情,因为玉门关外原本就是春风吹不到的地方。照理说这实在是够悲凉了,但有了"何须怨"三字,豪迈慷慨之气就呼之欲出了。

"葡萄美酒夜光杯,欲饮琵琶马上催。醉卧沙场君莫笑,古来征战几人回。"这是王翰的《凉州词》。举着精美的夜光杯痛饮葡萄美酒，又有琵琶声声助兴催饮，今天只想一醉方休。可这里既不是热闹繁华的长安酒楼，也不是友朋相聚的华宅高堂，这里自古以来就是征战之地，成千上万的人葬身于此，有家难回。可是，身为将士岂能贪生怕死，长吁短叹。从"醉卧"两句里，谁能说出夹杂着多少悲伤、忧愤和慷慨？

"秦时明月汉时关，万里长征人未还。但使龙城飞将在，不教胡马度阴山。"这是王昌龄的《出塞》。后两句的意思很明显，诗人感慨边塞战事无休无止，国无良将，没有像李广那样的"龙城飞将"。妙在前两句拉开了广阔、苍凉的时空背景，后两句水到渠成，如洪钟大吕一样回响在这背景之上。

王昌龄极善于巧用地名、人名，寥寥几笔就把时间、空间的跳跃和张力推到了极致。"青海长云暗雪山，孤城遥望玉门关。黄沙百战穿金甲，不破楼兰终不还。"这是他的《从军行》。青海大湖，祁连雪山，戍边孤城，玉门雄关，楼兰古国，一地与一地之间相隔百里千里，让他轻轻几笔，兔起鹘落，就写出了千古绝唱。

"明月出天山，苍茫云海间。长风几万里，吹度玉门关。"这是李白《关山月》的前四句。我们在李白的书中讲过这首诗，其宏大的意象，磅礴的气势，是我们一下子就能感觉到的。

"北风卷地白草折，胡天八月即飞雪。忽如一夜春风来，千树万树梨花开。""轮台东门送君去，去时雪满天山路。山回路转不见君，雪上空留马行处。"这是岑参《白雪歌送武判官归京》的首四句和末四句。首四句写景，从狂风野草忽地一转，转为胡天飞雪，再忽地一转，竟是春天的"千树万树梨花开"。末四句寓情于景，也是把画面一转再转。本来，写到"去时雪满天山路"已是余音袅袅，可以收尾了。但诗人又从"路"牵引出"山回路转不见君"，从"雪"牵引出"雪上空留马行处"，让古往今来无数读者都喟然不已，掩卷不得，从他的诗句里寻找那离人的背影、雪上的马蹄。

一条丝绸之路贯穿东西方，连接欧亚大陆，仅从今天中国境内的丝绸之路来说，就不知湮没了多少赫赫有名的人物，淡忘了多少惊天动地的历史，唯有盛唐诗人的名句照旧与山川同在。王之涣、王翰和李白都是与王维同时代的人，王昌龄、高适和岑参都是王维熟悉的朋友，他们的诗句或飘逸，或苍凉，或绮丽，或壮美，却有同样的豪迈慷慨，同样的雄浑大气。而豪迈慷慨，雄浑大气，正是在其他时代很难找到的盛唐气象。

唐代跟别的朝代不一样，盛唐更不一样。敦煌附近有阳关，有玉门关，有莫高窟。站在阳关和玉门关上，自然会想起盛唐诗人的名句。来到莫高窟，最吸引人的仍然是盛唐人留下的壁画和雕塑。自信雍容的气度，健壮挺拔的身姿，圆润丰满的面庞，流美飘洒的线条，绚丽多样的色彩，由此可以找到的，同样是别的时代很难找到的盛唐气象。

宁静晚年

大唐宫廷

—

○ 万国衣冠拜冕旒

天宝十四载（755 年），王维升为正五品上的给事中。给事中属于门下省的重要官员，门下省负责审查国家的重要诏令，给事中具体负责审议封驳诏敕奏章。从名义上来说，皇帝的诏令如果不得当，臣子的奏章如果有违误，给事中都有权审议并处理。但在当时，唐玄宗懈怠朝政，杨国忠炙手可热，给事中的所谓职责权力，想必也就有名无实了。

这时候已经是安史之乱爆发的前夕。李林甫在三年前去世，死后被追究前愆，削夺官职，取代他的是没有政治才能却更得玄宗宠爱，也更有权势的杨国忠。前面说过，像王维这样的名士，如果不爱惜自己的羽毛，动辄就往相府里献殷勤，甚而同流合污，那他就不会在官场上久不升迁，也不会在李林甫死后被清算时，还能够安然无恙，并且官升一级。同样，以他的资历和名气，如果在杨国忠大权独揽时趋炎附势，那他就不会只是略有升迁，也不会在杨家被诛灭后未受牵连。不过，从另一个方面看，既然他能在李林甫、杨国忠相继当道的天宝年间仕途顺遂，在朝廷政治的惊涛骇浪中毫发无伤，至少也说明他的明哲保身和人情练达。天宝年间朝政腐败，危机四伏，我们可以从李白诗中读到郁愤不平、悲歌慷慨之作，从杜甫诗中更能读到许多反映现实、忧国忧民的篇章。王维身处政治中心，不可能感受不到朝政的腐败，社会的危机，但在他的诗中，几乎看不到与社会现实相关的内容。越是朝政腐败，危机四伏，他就越是绝望无奈，越是谨小慎微，同时也越发地身在朝堂，心在辋川。

755 年岁末，安史之乱爆发了。已经多年沉醉在享乐中的唐玄宗对此毫无防备，主持朝政并身兼四十余职的杨国忠本来就是恃宠而骄的无能之辈，结果，叛军仅用了一个多月就攻入洛阳，以洛阳为都，半年后又拿下潼关。唐玄宗在潼关失陷的第五天逃离长安。繁荣上百年、拥有上百万人口的大唐京城，突然间陷于腥风血雨之中，叛军在城内四处搜捕朝臣、宦官和宫女，每抓到几百人就押送洛阳。皇帝出逃太快，王维没来得及随从，也来不及脱身，被叛军俘获。他服泻药，拉痢疾，又假装说不出话来，但安禄山偏偏欣赏他的才华，更想利用他的名望为自己的大燕政权装点门面。王维被押解到洛阳，软禁在菩提寺，被迫给安禄山做了给事中。

秋初的一天，裴迪来菩提寺看望王维，说到安禄山在凝碧池举办盛会，鼓乐声声，旧时梨园弟子含泪演奏。王维听后唏嘘伤悲，写了首诗。诗是短小绝句，诗题却很长，题作《菩提寺禁裴迪来相看说逆贼等凝碧池上作音乐供奉人等举声便一时泪下私成口号诵示裴迪》。

> 万户伤心生野烟，百僚何日更朝天。
> 秋槐叶落空宫里，凝碧池头奏管弦。

头一句写国破家亡之痛，"万户伤心生野烟"。"万户"指所有敌占区的人民，"野烟"指荒野烟火。一场突如其来的叛乱已经让大半个北方陷入战争浩劫，无数城市和乡村变成了废墟和荒野，生灵涂炭，人民痛不欲生。第二句写孤臣孽子之哀，"百僚何日更朝天"。东西两都均已沦陷，群臣百官哪一天才能朝见天子！三、四两句以两个场面作强烈对比，前者在"空宫"，后者在"凝碧池"。"空宫"指洛阳的宫城紫微城，"凝碧池"是皇家园林神都苑里靠近紫微城的一个水池。在诗人沉痛的笔下，一边是"秋槐叶落空宫里"，唐王朝的宫殿寂寞寥落，唯有槐树叶子纷纷飘落，一边是"凝碧池头奏管弦"，安禄山和他的叛军将领们正在凝碧池头繁管急弦，进行胜利狂欢。

至德二载（757 年）唐军收复两京，唐肃宗终于回到长安，论功行赏，论罪处罚。王缙辅佐将领李光弼镇守太原有功，升为刑部侍郎。王维虽是被迫出任伪官，但难免要被问罪。幸运的是，唐肃宗并未对他论罪处理，宽免了他。

安史之乱爆发后，叛军势如破竹，唐玄宗和他的大臣们仓皇出逃，许多朝廷官员都做了俘虏。在这种情形下，有人主动投靠安禄山，得以官任要职，譬如说唐玄宗的女婿张垍和他的长兄张均就是如此。更多的官员是顾及身家性命，被迫接受伪职。等到唐军收复两京，伪官被追究论罪时，再说自己忠于大唐天子，只怕口说无凭。如果以前得罪过什么人，或者被什么人所猜忌，不被落井下石就是侥幸了。王维的好友、监察御史储光羲，也是被俘后迫受伪职。乱平后他自己向朝廷请罪，结果被关进大牢，最后贬死岭南。

那么，为什么唐肃宗对王维会网开一面？

第一，王维弟弟王缙平乱有功，为救兄长，请求削官赎罪，不惜放弃刚刚得到的刑部侍郎职位。他们兄弟情深，非同寻常，当年父亲早亡，长子王维十七岁独闯长安，次子王缙在家中如同长子。当王维写下"遥知兄弟登高处，遍插茱萸少一人"的诗句时，王缙尚在故乡。不久，十五岁的王缙也跑到长安，跟随王维奔波在人海茫茫的京城。

第二，王维的好友裴迪站出来作证，他出示王维写于菩提寺的绝句，证明王维对唐王朝的忠诚。我们在前面已经讲过裴迪和王维的友情，品读过王维酬赠裴迪的诗，也欣赏过王维写给裴迪的信。如果不是知心好友，王维不会在当时危险的情况下写下那首绝句送给裴迪，裴迪也不会去看望被叛军软禁的王维，更不会在王维要被定罪之时挺身而出。不过，诗题大概是后来才加上去的。"私成口号"的意思是私下里随口吟成，当时王维身处险境，他敢写这样一首诗已有危险，不大可能还要特意标出长长的类似纪事的诗题，并且直呼安禄山等人为"逆贼等"。

第三，史书上说安禄山是把王维迎接到洛阳去的。即使这一记载失之夸大，但也可以想见，由于王维的知名度很高，安禄山会加紧对他的胁迫，期望他为自己舞文弄墨。王维虽然迫受伪职，却并没有为安禄山粉饰装点，因此也没有被安禄山委以重任。

第四，晚年王维一心经营他的辋川别业，以山水田园诗著称于世，又虔诚信佛，崇尚南禅，即使是当时人，大概也把他看作是半仕半隐、亦官亦僧之人。这样一个名士，其实也在无形中降低了朝廷对他的"政治要求"。

758 年春王维复官，但官降一级，做了太子中允。不久，恢复原来的正五品上级别，任中书舍人。这时候唐军收复长安已半年有余，前方捷报不断，叛乱好像很快就会平定。经历了战争浩劫的士人们，翘首期待战争结束，唐朝复兴，不由得把希望寄托在唐肃宗的身上。这时候与王维年龄相近的著名诗人孟浩然、王昌龄、崔颢、李颀和王之涣等已经辞世，李白因为加入永王璘的幕府被判长流夜郎，此时正在流放途中。高适因平乱有功，获得朝廷重用，此时却因得罪权宦而被贬为太子少詹事，分司东都，人在洛阳。除此之外，就是守在朝中做官的王维、杜甫、岑参和贾至了。他们彼此往来，时有唱和。

今天很多人大概不知道贾至，但在当时，他是很有名气的文学家和诗人，李白把他比作西汉的贾谊，杜甫夸赞他的诗"雄笔映千古"。他是开元年间的大臣贾曾之子，安禄山之乱后随从唐玄宗逃亡蜀郡，升为中书舍人、知制诰，传位太子李亨的诏文就出自他的手笔。李亨即位后，尊玄宗为太上皇，但父子间的关系颇为复杂。贾至在唐肃宗身边照旧做中书舍人，只怕心里也有些忐忑不安。有一天早朝之后，他写了首七言律诗《早朝大明宫呈两省僚友》，王维、杜甫和岑参等纷纷唱和，各赋七律一首。难得四大诗人为同样的话题同时赋诗歌咏，可惜既要唱和应酬，又要受限于宫中早朝之事。大明宫中，圣恩浩荡，臣子唯恐不能歌功颂德，感谢圣主隆恩，哪里还有多少抒写个人情怀、挥洒自由笔墨的空间？先看贾至的诗：

> 银烛朝天紫陌长，禁城春色晓苍苍。
>
> 千条弱柳垂青琐，百啭流莺满建章。
>
> 剑佩声随玉墀步，衣冠身惹御炉香。

共沐恩波凤池上，朝朝染翰侍君王。

场面隆重，气氛庄严，文辞华丽，格律精工，但还是摆脱不了这类诗在内容上的千篇一律。岑参的边塞诗向来以奇丽奇峭著称，杜甫更是何等笔力，但他们在这里与贾至的唱和，很难列入佳作之例。

再看岑参的《奉和中书舍人贾至早朝大明宫》：

鸡鸣紫陌曙光寒，莺啭皇州春色阑。
金阙晓钟开万户，玉阶仙仗拥千官。
花迎剑佩星初落，柳拂旌旗露未干。
独有凤凰池上客，阳春一曲和皆难。

再看杜甫的《奉和贾至舍人早朝大明宫》：

五夜漏声催晓箭，九重春色醉仙桃。
旌旗日暖龙蛇动，宫殿风微燕雀高。
朝罢香烟携满袖，诗成珠玉在挥毫。
欲知世掌丝纶美，池上于今有凤毛。

岑诗的首联"鸡鸣紫陌曙光寒，莺啭皇州春色阑"，带些清新之气，杜诗的颔联"旌旗日暖龙蛇动，宫殿风微燕雀高"，显得生动飞扬，其余诗句都没什么新意。再看王维的《和贾舍人早朝大明宫之作》：

> 绛帻鸡人送晓筹，尚衣方进翠云裘。
>
> 九天阊阖开宫殿，万国衣冠拜冕旒。
>
> 日色才临仙掌动，香烟欲傍衮龙浮。
>
> 朝罢须裁五色诏，佩声归向凤池头。

相比岑参和杜甫的唱和，或可发现三点。第一，同是与贾至唱和，岑诗几乎每一句都与贾至原作相关，杜诗以一半的篇幅来赞美贾至，王维的诗却很少受到贾至诗的牵制，仅在最后一句顺势带出贾至要到中书省的所在地"凤池"。这大概与他们的年龄和官位有关。从年龄来说，王维比贾、岑、杜三人都要年长十多岁，从官位来说，王维和贾至同是正五品上的中书舍人，岑参时任右补阙，从七品上，杜甫时任左拾遗，从八品上。官场上高一个级别就不得了，岑参和杜甫在诗友贾至面前也很难例外，何况唱和之作会到处传看，并非私下闲聊。

第二，同是写大明宫，还是杜甫和王维更胜一筹。唐王朝是诗歌兴盛的王朝，大明宫是唐王朝的统治中心，唐人歌咏大明宫的诗句可谓多矣。然而，往往越是神圣庄严的地方，偏偏难以留下别有创意的妙句。四个诗人的这番唱和，颔联都是写大明宫。贾至说"千条弱柳垂青琐，百啭流莺满建章"，失之熟字熟语，平平无奇。岑参说"金阙晓钟开万户，玉阶仙仗拥千官"，显得剑拔弩张，一览无余。杜甫说"旌旗日暖龙蛇动，宫殿风微燕雀高"，从大明宫一片肃穆庄严中，抓住旗帜上随风舞动的"龙蛇"和微风中轻快高飞的"燕雀"来下笔，写出了生动飞扬的画面。王维说"九天阊阖开宫殿，万国衣冠拜冕旒"，以大气取胜。"阊阖"指天门，天上之门。"衣冠"指衣冠齐楚的文武百官。"冕旒"本是指帝王的礼冠，这里代指皇帝。上句一个"开"字，下句一个"拜"字，以实写虚，变具象为抽象，不只是写出了大明宫的辉煌壮观，也写出了唐王朝敞开胸怀、万国来朝的恢宏气象。后人说到唐朝的强大和开放，最常引用的就是这两句。

第三，同是写大明宫早朝，岑参和杜甫的唱和因受限于贾至的原作，诗中所写的宫中景物，多是同类题材中所常见的，王维却尽可能避开熟语俗套，从不同的细节、画面和色彩来下笔。首联写早朝之前大明宫的肃穆和神秘，突出两个细节，又在细节中凸显色彩，一个是"绛帻鸡人送晓筹"，头戴红巾的卫士报说寒夜欲晓，一个是"尚衣方进翠云裘"，尚衣局的官员给天子呈上翠绿的云裘。颈联所写更是细节化，"日色才临仙掌动，香烟欲傍衮龙浮"。"仙掌"指掌扇，宫中的一种仪仗，宫人站在皇帝后面擎着掌扇，用以遮日挡风。"衮龙"指皇帝的龙袍。上句大意是，日色刚刚降临，宫人已在摆设，掌扇在晨曦中晃动。下句大意是，熏香也已点燃，轻烟缭绕，飘向皇上的龙袍。诗人有意识地避免同类题材雷同的描写，从常人不太注意的幽微之处着墨，因此也显得与众不同。写宫中生活而能观察入微，应该跟王维熟悉宫中不无关系。四位诗人中，王维在宫中最久，不但因为他岁数大，还因为他的仕途生涯多是在宫中度过的。

后人谈及王维这首唱和诗，多有赞赏，但也说到一个明显欠缺，这就是用衣字眼太多。八句之中，与衣服有关的字眼就有六处。按理说，以王维的细致和匠心，不该有此疏忽。我想这在很大程度上，恰是因为王维深知同类题材的千篇一律，所以特意选择了不同的角度。就像他那首《奉和圣制从蓬莱向兴庆阁道中留春雨中春望之作应制》，巧妙地利用阁道上可以登高望远的特点，借助于玄宗的视野，把画面从宫中远远荡开去。

当然，不管是那首应制诗，还是这首唱和诗，都不是王维诗中的上乘之作。之所以要选出来欣赏一下，是因为王维诗作中有不少应制诗和唱和诗。毕竟他更多的时候不是在辋川和终南山，而是在长安城里，在朝廷之中。

山中岁月

—○

坐看云起时

人老了不免有韶光易逝的叹息，即使是很善于让自己娴静恬适的王维也不能例外。乾元元年（758 年）春末，京兆府少尹严武等人来访。王维此时已是垂垂老矣的前辈，他赋诗感叹说："鹊乳先春草，莺啼过落花。自怜黄发暮，一倍惜年华。"鸟雀哺乳的时候春草尚未生长，现在转眼就到了暮春，黄莺鸟啼叫着飞过一地落花。我只能自悲自怜地进入白发转黄的暮年，加倍珍惜人生年华。759 年秋，韦陟要去洛阳担任要职，以礼部尚书充东京留守，王维在送别诗中说："给事黄门省，秋光正沉沉。壮心与身退，老病随年侵。"他说自己整天在门下省上班办事，眼看着秋意越来越深。豪壮的志向连同身体一起衰退，苍老和疾病伴随着年龄增长而不断加剧。

上元元年（760年）夏，走进花甲之年的王维升任尚书右丞。这是正四品下的官阶，相当于今天的副部级。与其说破格得到重用，不如说名气和资历都到了。当年那个未满二十就名声远扬的青年才子，现在是文坛与画坛的泰斗，如果不是因为他向来低调，我们可能透过他的诗知道不少他当时誉满京城、粉丝成群的盛况。不过，这个泰斗级的人物，好像既没有做文学领袖的兴趣，也没有在官场上继续攀高的热情。刚刚经历了安史之乱的生死浩劫，而今又置身于宦官专权的朝廷，面对的是藩镇割据的时局，再加上年老多病，本来就喜欢隐居山林、礼佛修禅的王维，越发地笃信佛教。晚年的王维更喜欢与僧人和居士广为交往，不只是常去寺庙，还常常把僧人请到家中来。《旧唐书》记载说："维弟兄俱奉佛，居常蔬食，不茹荤血；晚年长斋，不衣文彩。……在京师，日饭十数名僧，以玄谈为乐。斋中无所有，唯茶铛、药臼、经案、绳床而已。退朝之后，焚香独坐，以禅诵为事。"王维的《饭覆釜山僧》一诗，几乎就是《旧唐书》这段记载的印证。

晚知清净理，日与人群疏。

将候远山僧，先期扫敝庐。

果从云峰里，顾我蓬蒿居。

藉草饭松屑，焚香看道书。

> 燃灯昼欲尽，鸣磬夜方初。
>
> 一悟寂为乐，此生闲有余。
>
> 思归何必深，身世犹空虚。

"饭覆釜山僧"就是向覆釜山来的僧人布施斋饭。诗的大意是，老了才真正知道了清静的佛理，越来越能远离喧闹的人群。我在等候来自远山的僧人，预先打扫自己简陋的房屋。僧人们从云雾缭绕的山峰中，来到这长满了蓬蒿的居所。我们坐在草垫子上吃松果，点着佛香诵经。燃灯供佛白天就要结束，敲起僧磬夜晚刚刚开始。一旦领悟了寂灭为乐的佛理，此生都会娴静从容。又何必总想着归隐不出，要知道人生遭遇的一切无不虚幻。以王维写诗的简洁，这首诗本可以舍弃带着说教意味的最后四句，但他忍不住要分享自己礼佛修禅的开悟与快乐。"寂"是寂灭，佛家用语，意思是指断除贪嗔痴及一切烦恼，不再轮回生死的境界。《大般涅槃经》里说，佛陀临近涅槃时开示弟子："诸行无常，是生灭法，生灭灭已，寂灭为乐。"虽说王维的这四句诗对于并非佛教徒的常人来说未免有些说教意味，但他的禅悟与禅悦都是真实的。他相约众僧，焚香诵经，燃灯静坐，不分昼夜，要的就是"一悟寂为乐"的禅悟，"此生闲有余"的解脱。

人到了晚年，面对衰老和寂寞，更懂得寻求心灵的宁静和愉悦，但能否如愿以偿，并非取决于此时一闪念的醒悟，而是取决于从前多年的修为。王维天性喜静，多才多艺，把诗人、画家、音乐家、书法家的品位、涵养和造诣集于一身，又虔诚信佛，打坐禅修，这在某种意义上来说，其实就是为晚年的宁静和愉悦做了准备。要看他晚年达到的修为境界，不妨再欣赏两首诗。一首是《酬张少府》：

> 晚年唯好静，万事不关心。
> 自顾无长策，空知返旧林。
> 松风吹解带，山月照弹琴。
> 君问穷通理，渔歌入浦深。

从诗题可知，诗是写给"张少府"的。"酬"是酬答，张少府有诗相赠，王维以此诗酬答。"少府"出现在唐诗中多是指县尉，县尉之职往往是新科进士踏入仕途后担任的第一个职务。张少府很可能是个年轻人，他写诗给王维想必还有书信，信中问到穷通之理。回答这样的问题，很容易说些抽象而枯燥的话，王维却写了一首画面生动、韵味悠长的好诗。他似乎并未回答，实际上却已巧妙作答。

"晚年唯好静，万事不关心。"首联两句平淡说出，却藏着很多感慨。人生早已度过了美好的童年、少年、青年，又经历了壮年的坎坷不平，中年的世事无常，如今老矣，所能庆幸的只有心清的宁静。当初那些纷纷攘攘、劳心伤神的许多事情，如今终于淡忘了，没心情去关心了。

"自顾无长策，空知返旧林。"自思没有什么可以治国安邦的良策，只能徒然地想着回到旧日隐居的山林。颔联两句看似自谦，里面却夹杂了难言的无奈。无论是唐玄宗在位还是唐肃宗在位，诗人很多时候都在天子身边，都有不少向天子进言献策的机会。但我们从他留下的文字中，看不到类似的内容。他的谨小慎微应该不只是出于明哲保身，还因为他身处政治旋涡，深知皇帝的昏聩，权臣的骄横，朝政的腐败。碰到这样的政局时局，纵有良策，又有何用？

"松风吹解带，山月照弹琴。"松林里清风拂过，吹开我的衣带，山间明月高悬，照我弄弦弹琴。后一句我们似曾相识，那是因为诗人写在辋川的《竹里馆》："独坐幽篁里，弹琴复长啸。深林人不知，明月来相照。"诗人是常常隐居山林的音乐家，在山月下弹琴，以山月为友，应该不只是偶尔的体验和感受。妙在诗人以"松风吹解带"来与"山月照弹琴"对偶，意趣隽永，又浑然天成。唐人很讲究衣带装束，尤其是官员，一条腰带往往就象征了身份、地位和荣誉。诗人在朝中做官，腰带的齐整更是马虎不得。只有在这无人的山林里，才能不受约束，自由自在。

"君问穷通理，渔歌入浦深。"尾联两句问而不答，引出一个寓意深长的典故。"穷通"是指穷厄与通达，张少府问的"穷通理"，其实是人人都想知道却很难回答的问题。"渔歌"的典故来自《楚辞·渔父》。渔父是一位垂钓江湖的隐士，屈原被放逐，在沅江边上遇到他。渔父看他"颜色憔悴，形容枯槁"，问他何以落到这步田地。屈原说，"举世皆浊我独清，众人皆醉我独醒"，所以就被放逐了。渔父说，圣人能不拘泥地对待事物，跟随世道的变化。世人都脏了，何不跟着搅泥水扬浊波？众人都醉了，你何不跟着吃酒糟喝薄酒？为什么你要想得那么深，高出尘世之外，结果让自己遭到流放？屈原说，我宁愿跳到湘江里，葬身在鱼腹中，怎么能让洁白无瑕的纯洁蒙上世俗的尘埃呢？渔父听了，微微一笑，划船离去，边划边唱：沧浪之水清澈啊，可以用来洗我的帽带；沧浪之水混浊啊，可以洗我的脚。《楚辞·渔父》在渔父歌声中结束，王维来一句"渔歌入浦深"，把这典故化入诗中，并借此带出一幅神韵悠然的画面。

晚年的王维越发含蓄，又一心向佛，这首诗却透露了他的人生态度。他不是屈原那种坚定执着九死不悔的人，让他由衷欣赏的是隐居江湖的渔父。但他并没有真的就断绝名利之念，像渔父那样远离红尘，于是就人在朝中，心在山林，一边在天子身边写应制诗，跟朝中官员唱酬，一边想着他的山林和田园，唱着他的"渔歌"。遇到节假日，或者有告假的机会，但凡时间许可，他就像逃难一样离开京城，像回家一样回到辋川。

比起《酬张少府》一诗，《终南别业》更让后人称赏不绝。"终南"自是指终南山，王维不止一次在那里隐居，但他晚年的隐居之地几乎都在辋川。那么，辋川是不是就在终南山上？

裴迪有《辋口遇雨忆终南山》之作，王维也写了酬答诗，可见辋川和终南山并不是同一个地方。终南山在长安南边，辋川在长安东南。王维写有《终南别业》诗，也写有《辋川别业》诗。可见，晚年的王维有可能在终南山另有别业。如果说还有一个可能，那就是后人根据诗的第二句"晚家南山陲"，把原来的诗题改作了"终南别业"。其实，"南山"可以专指终南山，也可以泛称南面的山。辋川所处的山虽在长安东南，但从大方向来说，还是可以称作"南山"。关于这些，并不重要，我们还是欣赏一下这首诗：

> 中岁颇好道，晚家南山陲。
>
> 兴来每独往，胜事空自知。
>
> 行到水穷处，坐看云起时。
>
> 偶然值林叟，谈笑无还期。

首联两句从容开头，有些像自我介绍。诗人说，我在中年时期就虔诚信佛，如今到了晚年，隐居在这南山脚下。上句说中年信佛，下句说晚年隐居，信佛和隐居，正是王维一生始终都念念在心的，也是他诗文中常有的两大内容。这两句诗很平实，其中却流露出感念、欣慰和满足，如果不是礼佛修禅，隐居山林，哪里有现在的闲适和宁静。

颔联两句写自己游山的自在快乐，若有所憾，"兴来每独往，胜事空自知"。兴致一来我就独自漫游，只可惜这样美好的事情只有我自己知道。由衷的喜悦中，带着轻轻的叹息，这叹息并不是因为自己的孤独，而是诗人自己看美景、赏乐事、得佳趣，却不能与人分享的遗憾。

只是诗人自己大概也想象不到，他此时的心情和感受，会因为这首诗赢得后世之人千年不衰的共鸣。尤其是颈联两句，"行到水穷处，坐看云起时"，对很多人来说，这两句就悬挂在家中墙壁上，登山临水之时，也会油然想起，脱口而出。这不只是因为王维的诗句写得太美了，还因为它传神地表达了人们在红尘奔波中渴望得到的那种闲适宁静的心境意绪。

诗人的笔墨何以如此传神？我想从三个层次来看。第一，诗人选取的意象是"水"和"云"。山间流水潺潺，空中白云飘飘，都是那样随意自在，无拘无束，一派天然，而这正是诗人心境的写照。第二，诗人的"行""坐"与"水""云"如影相随，融合无间，由此也把自己的心境表现得随意自在，无拘无束。颔联两句是灵感爆发的结晶，但诗人之所以有这样的灵感，应该是得益于无数次的山行体验。山行往往是沿溪而行，"行到水穷处"就是走到了溪流的源头。这时候走得累了，坐下来歇息一下，却看见白云在山间缓缓涌起。第三，与诗人的心境和诗的意境相契合，诗人的笔触也是这样自然、随意、自在。这绝妙的两句，好像不是千呼万唤才得到的，倒像是自己跑出来的一般。文字上看不到雕琢，格律上看不到束缚，从形式上说简直是淡到了看不见的程度，但其实是格律严谨，一字一韵不可更改。诗人不只是按照颈联的要求用了精整的对偶句，而且是绝妙的流水对。这流水对不只是在意思上是连贯的，而且在时间上，乃至诗人的动作上，都是连贯的。

尾联两句出现了人物，写到了"谈笑"，但诗人的心境仍然是随意的、自在的、闲适的。"偶然值林叟，谈笑无还期。""林叟"是一个林中老人，诗人碰上他是物我两忘中的"偶然"，与他说说笑笑，忘记了回家，也是兴之所至，没有时间的限制、功利的考量、礼节的束缚，随意自在，恬淡闲适。

古人写诗，最怕呆板，所以常讲起承转合之法，这首诗却是句句承接，一气流注。不但一气流注，还不慌不忙，若无其事，平淡至极。清代大才子纪晓岚说："此诗之妙，由绚烂之极归于平淡，然不可以躐等求也。"又说："此种皆熔炼之至，渣滓俱融，涵养之熟，矜躁尽化，而后天机所到，自在流出，非可以摹拟而得者。无其熔炼涵养之功，而以貌袭之，即为窠臼之陈言，敷衍之空调。""熔炼"是艺术的熔炼，"涵养"是人生的涵养，王维大半生礼佛修禅，又在诗歌、绘画、音乐、书法等各种艺术上孜孜以求，人生和艺术都在不断修炼，晚年更到了炉火纯青之境。用一句大俗话来说，就是修炼成精了！

当然，王维的晚年并非就是不食人间烟火。他既是一个笃信佛教、常常静坐修行的人，又是一个笃于亲情与友情的性情中人，所以留下许多写送别、写相思的名篇名句。在人生的最后两三年，他常常因亲友的离京远行而倍加伤感。758年秋，弟弟王缙出任蜀州刺史，王维登高目送，赋诗说："陌上新离别，苍茫四郊晦。登高不见君，故山复云外。远树蔽行人，长天隐秋塞。心悲宦游子，何处飞征盖。"诗中满是悲凉哀伤，大地苍茫，天色昏暗，远树遮蔽了望眼，长天隐没了秋塞。王维三十岁丧妻，再未婚娶，没有子嗣，所幸王缙与他同在京城，兄弟情深。如今王维年老多病，王缙外放蜀州，兄弟俩还有没有见面的机会都成了未知数。上元二年（761年）春，王维上表朝廷，称自己忠、政、义、才、德均不如王缙，请求尽削自己官职，换取王缙回到朝廷任职，最后一段尤为恳切：

> 臣又逼近悬车，朝暮入地，阒然孤独，迥无子孙。弟之与臣，更相为命，两人又俱白首，一别恐隔黄泉。傥得同居，相视而没，泯灭之际，魂魄有依。伏乞尽削臣官，放归田里，赐弟散职，令在朝廷。臣当苦行斋心，弟自竭诚尽节，并愿肝脑涂地，陨越为期。

王维已经预料到自己不久将告别人世。他这一生虔诚信佛，从不贪财，如《旧唐书》所说："斋中无所有，唯茶铛、药臼、经案、绳床而已。"长安城外，他拥有一所经营多年的辋川别业，此外还有几亩职田，那是朝廷作为俸禄分给他的土地。他上奏皇帝，请求把辋川别业施作僧寺，又一再请求朝廷，献出自己担任中书舍人和给事中时所得的"两任职田"，以求周济穷苦之人。

761 年夏，王维病逝。临终时他向王缙及其他亲友写信告别，搁下笔就闭目长逝了。王缙已在 759 年回到长安，后来在距离长安不远的凤翔府出任府尹，官居三品。惊闻长兄辞世，王缙在赶回京师的路上，想必忆及许多往事。当年十七岁的王维怀念他在故乡的兄弟，赋诗说"遥知兄弟登高处，遍插茱萸少一人"，如今王家兄弟真的是"少一人"了。

王维去世十多年后，唐朝的皇帝是唐代宗，宰相是王缙。《旧唐书》记载说，唐代宗喜欢文学，对王缙说："你的长兄在天宝年间诗名冠绝天下，我就曾经在诸王座席间，听乐工演唱他的诗。他现在还留下多少诗文，你尽可以献上来。"王缙说："我哥哥在开元年间就写过上千首诗，但经历了天宝年间战乱，如今已经十不存一了。近来在中表兄弟及其他亲朋故旧中相互搜集汇编，总共得到四百多篇。"第二天王缙进呈王维的诗作，唐代宗下诏嘉奖，把王维推崇为"天下文宗"。

王维在生前身后都享有盛名，他年少成名，晚年名满天下，身后万世流芳。相比于李白、杜甫，王维存诗不多。从他的诗作中，很少能够看到李白那样悲歌慷慨的激情抒发，更难看到像杜甫那样忧国忧民的现实关注，但他还是以空灵幽寂、带着禅意的山水田园诗，以及高超非凡的艺术成就，成为唐代诗歌一道独特而亮丽的风景线。